Sagen und Geschichten aus dem Rheiderland

© Akka Olthoff

Kai-Uwe Hanken,
Jahrgang 1971 ist Rheiderländer mit Leib und Seele. Seine Heimat ist für ihn wie eine Schatzkammer, in der er gerne und ausgiebig stöbert. Er arbeitet hauptberuflich als Redakteur und ist außerdem als Autor, Heimat- und Ahnenforscher sowie Vortragskünstler aktiv. In Horror-Kurzgeschichten präsentiert er dabei die dunkle Seite des Friesenlandes.

Mehr auch unter
www.dollartgold.de

© Andreas Bohlmann

Jelko Peters,
geb. 1969 in Oldenburg, leitet das Studienseminar in Leer. Sagen über das Rheiderland erzählt er als Gästeführer im Steinhaus Bunderhee und im Dollartmusem in Bunde.

Sagen und Geschichten aus dem Rheiderland

erzählt von
Kai-Uwe Hanken und Jelko Peters

Edition Falkenberg

Titelzeichnung: Peter Fischer, Winkeldorf

1. Auflage 2025

Bgm.-Spitta-Allee 31, 28329 Bremen

produktsicherheit@edition-falkenberg.de

ISBN 978-3-95494-377-7
www.edition-falkenberg.de

Inhalt

Geschichten vom Dollart

Wunder und Erscheinungen

Im Bann des Teufels

Besondere Gaben

Sagenhafte Orte und Wesen

Vorwort

Herzlich willkommen im Rheiderland!
Hartelijk welkom in het Reiderland!
Hartlik willkomen in't Rheiderland!
Van harte welkom in 't Reiderland!

Auf vier Weisen werden Sie im Rheiderland begrüßt, wo sich viele Einheimische auf Niederländisch, Deutsch, (Rheiderländer) Platt und Gronings verständigen können. In den Geschäften, Cafés, Restaurants, auf den Deichen, Fahrradwegen, beim Sprung über den Schlot gelingt die Kommunikation in mehreren Sprachen und das internationale Zusammenleben meist völlig reibungslos. Begegnet man sich auf dem Fahrrad, schallt einem auf der einen Seite ein strahlendes »Moin«, auf der anderen ein freundliches »Hoi« oder »Moi« entgegen.

Die politische Grenze zwischen dem deutschen Rheiderland, geschrieben mit h, und dem niederländischen Reiderland, geschrieben ohne h, ist wirtschaftlich, kulturell, sprachlich und menschlich durchlässig. Die Landstriche sind historisch eng miteinander verwoben. Geprägt wurde das R(h)eiderland vor allem durch den Dollart. Seine Entstehung durch mehrere Sturmfluten im Mittelalter führte dazu, dass über zwanzig Dörfer in den Fluten versanken. Das R(h)eiderland musste bedeutende menschliche und räumliche Verluste hinnehmen, die sich auch in seinen Sagen niederschlugen.

Seit dem 16. Jahrhundert rang man dem Dollart fruchtbares Land durch mühevolle Einpolderungen wieder ab, das den Reichtum der Polderfürsten durch das so entstandene Getreideparadies und die saftigen Wiesen auf beiden Seiten der Grenze begründete. Der Mensch formte die Landschaft durch Deichbau, die erforderliche Entwässerung und die Landwirtschaft. Flüsse wie Tjamme, Reide oder Riede und die Weeneraner Geise verschwanden ebenso von der Landkarte wie zahlreiche Kolke, die als Seen eine Hinterlassenschaft einer Sturmflut markieren; Kanäle, Tiefs und Schlote kamen indes zur Entwässerung hinzu und durchziehen weithin sichtbar die Landschaft.

Mit dieser Sammlung wird zum ersten Mal eine Auswahl niederländischer und ostfriesischer Sagen des R(h)eiderlandes in einem Buch veröffentlicht. Dazu eine kurze editorische Notiz: Der Einfachheit halber und um das Geschlossene des Sagenraums zu verdeutlichen; schreiben wir in den Sagen stets »Rheiderland«.

Das Rheiderland mag Grenzland sein, doch nur auf der Landkarte. In den Sagen dieses Landstrichs verschwimmen die Grenzen zwischen Diesseits und Jenseits, Wahrheit und Wunder oder auch zwischen Geschichte und Geschichten. Ausdrücklich laden wir dazu ein, die erwähnten Orte selbst einmal zu erkunden und den besonderen Charme der Region zu erleben. In diesem Sinne: Gute Reise durch das sagenhafte Rheiderland!

Jelko Peters und Kai-Uwe Hanken

Hexen, weiße Frauen und Nachtmerries

Die weiße Frau vom Steinhaus

Schon seit vielen Jahrhunderten reckt sich der trutzige Turm vom Steinhaus Bunderhee in die Höhe, in dieser Zeit ist er weder gewachsen noch gewichen. Auch der Dollart griff schon mit starken, nassen Klauen nach dem Gemäuer, doch es blieb unbeugsam wie die alten Häuptlinge, die hier einst lebten und herrschten.

Das Steinhaus hat sich bis heute viele Geheimnisse bewahrt. So soll etwa ein unterirdischer Gang den Backsteinbau mit der Bunder Kirche verbunden haben. Doch wer in die Tiefe stieg, kehrte nie zurück.

Geheimnisvoll ist auch die Geschichte einer schaurigen Erscheinung, die sich heute noch zeigt. Wenn man geduldig genug ist und den Schrecken nicht fürchtet.

Ein vornehmes Fräulein von strahlender Schönheit lebte früher einmal in dem Steinhaus. Sie hieß Okka und von überall kamen Edelmänner herbei, die um ihre Hand anhielten. Doch ihre Schönheit war so groß wie ihre Hochnäsigkeit und sie wies alle Verehrer ab.

Eines Tages kam ein Ritter zum Steinhaus, der sein Glück wagen wollte. In strahlender Rüstung ritt er auf einem stattlichen Ross den Weg zum Haus hinauf. Geblendet von der strahlenden Schönheit der Edelfrau brachte er zunächst kein Wort hervor und stellte sich ziemlich ungeschickt an. Doch dann fasste er Mut und bat um die Hand des Fräuleins. Aber die stolze Okka lachte ihn nur aus und ließ ihn stehen.

Dem Ritter schmerzte das Herz über die unerwiderte Liebe. Um seine Pein zu vergessen, schloss er sich den Kreuzrittern an. Es erschien ihm leichter, die Heilige Stadt Jerusalem zu erobern als die holde Dame vom Steinhaus.

Nun lebte im Nachbarort Bunde eine alte Frau, die alles mit angesehen und Mitleid mit dem jungen Ritter hatte. Diese Frau hatte sich der Hexenkunst verschrieben und beschloss, das Burgfräulein für seine Arroganz zu bestrafen. Sie braute einen geheimnisvollen Trank, den sie in einem Kelch zum Steinhaus brachte. Dort erzählte sie der jungen Edelfrau, dass dieses Getränk sie noch schöner machen werde. Okka aber lachte die Alte nur aus und jagte sie fort. Den Kelch jedoch ließ die Alte auf einem Tisch stehen.

In der Nacht kehrte die Hexe heimlich wieder zum Steinhaus zurück. Sie schlich sich auf den Dachboden und malte mit Kreide sieben geheimnisvolle Zeichen auf einen Balken. Zufrieden kehrte sie in ihre Hütte zurück, denn sie hatte die Fäden für einen dunklen Fluch gesponnen.

Am nächsten Tag entdeckte das Burgfräulein den Kelch auf dem Tisch im Kaminzimmer. Okka erinnerte sich wieder an die Worte der Alten und fragte sich nun, ob sie wohl Recht haben mochte: Würde der

Trunk sie noch schöner machen? Die Neugier siegte schließlich – und sie leerte den Kelch in einem Zug. Kaum aber hatte das junge Mädchen das Gefäß von ihren Lippen abgesetzt, da loderte in seinem Herzen ein Feuer auf, das heiß brannte und wild wütete. Und das sich nicht wieder löschen ließ. Immerzu sah sie nun das Gesicht des jungen Ritters vor Augen, den sie fortgejagt hatte. Sie bereute ihre schroffe Abfuhr und wollte ihn um jeden Preis wiedersehen.

Tagein, tagaus stand sie an einem Fenster des Steinhauses, schaute aufs Land und wartete auf seine Rückkehr. Doch ihr Warten sollte vergebens sein. Eines Tages erhielt Okka die Nachricht, dass der Ritter im Morgenland gefallen sei und von seinen Gefährten dort begraben worden war.

Der Schmerz über den Verlust zerriss die Edelfrau vom Steinhaus förmlich. Das Feuer der Sehnsucht in ihr verzehrte ihr Herz und sie starb bald darauf. Doch selbst im Grab fand sie keine Ruhe: Jede Nacht, wenn die Uhr Zwölfe schlug, sahen die Menschen im Dorf mit Schaudern, wie eine weiße Gestalt am Fenster des Steinhauses erschien, und dann erklang vom Turm ein Wehklagen, das allen kalte Schauer über den Rücken jagte.

So ging es viele Jahre, bis irgendwann eine junge Familie ins Steinhaus einzog. Man hatte sie vor dem Geist der Edelfrau gewarnt, doch der neue Hausherr ließ sich davon nicht beirren. Er glaubte nicht an Spukgeschichten, bis er eines Nachts die weiße Frau mit eigenen Augen sah und ihr Jammern seinen Atem stocken ließ.

Auch seine Frau und seine Kinder wurden von dem Geist heimgesucht. Die Familie lebte nun in Furcht und Schrecken und kam in den Nächten nicht mehr zur Ruhe.

Eines Tages kletterte der Hausherr auf den Dachboden des Gemäuers und entdeckte dort die sieben geheimnisvollen Zeichen auf dem Balken. Er hielt sie für Kritzeleien seines kleinen Sohnes und wischte sie kopfschüttelnd weg. Ohne es zu wissen, nahm er damit den Fluch von der unglücklichen Edelfrau, und Okka konnte endlich ihre ewige Ruhe finden. Doch manchmal kann man in dunklen Nächten wieder ihre weiße Gestalt am Fenster des Steinhauses stehen sehen. Dann schaut sie stumm nach Süden, dorthin, wohin einst der junge Ritter geritten ist. Und ein schauriges Wehklagen ertönt über den Dächern von Bunderhee.

Die Roggemouer

Das Rheiderland ist berühmt für seine fruchtbaren Äcker. Es wird nicht ohne Grund das Getreideparadies genannt. Doch dieses Paradies birgt mit der Roggemouer eine große Gefahr für Kinder. Denn wenn der Roggen so hochgewachsen ist, dass man kaum noch darüber hinwegsehen kann, dann sitzt ein unheimlicher Geist im Getreide, der über den Roggen wacht – die Roggemouer.

Im Sommer, wenn der Wind über das Korn weht, bewegen sich die Roggenähren wie Wellen auf dem Meer. Es ist wunderschön anzusehen und du kannst dich beim Betrachten dieser gleichmäßigen Wellen aus

Getreide und ihrem Rauschen träumerisch versenken. Doch wenn du genau hinschaust, nimmst du eine Stelle wahr, an der sich der Roggen seltsam und unruhig bewegt. Dort sitzt die Roggemouer. Aber Vorsicht, dieser Ort ist gefährlich. Man darf die Roggemour nicht stören und ihr Korn nicht beschädigen.

Aus diesem Grund dürfen Kinder nicht im Korn spielen, es ist zu gefährlich. Denn ganz plötzlich kann die Roggemouer zupacken und die Kinder wegschleppen. Fängt sie ein Kind, sieht man es nie wieder.

Wenn du aber auf dem Weg bleibst, hast du nichts zu befürchten. Dort tut einem die Roggemouer nichts. Nur manchmal presst sie einige Körner des Roggens, die noch ganz weich sind, zu fest in ihrer Hand. Diese werden dann schwarz und giftig; man nennt sie Mutterkörner. Aber es sind immer nur ein paar Ähren, die sie verdirbt.

Der Hexenflug nach Marienchor

Im Dorf Bollingen im Saterland gab es einen alten Mann, der Remer hieß. Er war ein Faulpelz, der in den Tag hineinlebte und keiner geregelten Arbeit nachging. Oft lag er im Gras und schaute zu den Wolken hinauf, während er auf einem Halm kaute. Dann träumte er davon, durch die Lüfte zu fliegen. Unbeschwert und frei. »Wie schade, dass das nicht möglich ist«, dachte er.

Als sein Geld knapp wurde und ihn der Hunger plagte, machte er sich auf den Weg ins Rheiderland, um dort auf den Feldern zu arbeiten. So kam er nach Marienchor, wo ihn ein Bauer als Mäher einstellte. Sogleich machte sich Remer ans Werk und schwang die Sense. Als es Mittag wurde, kam ein Knecht des Bauern aufs Feld und brachte einen Korb mit Brot und Milch zur Stärkung. Remer griff gierig zu und während beide so saßen und aßen, kamen sie ins Gespräch. Der Knecht schöpfte schnell Vertrauen zu dem alten Arbeiter und verriet ihm hinter vorgehaltener Hand ein Geheimnis: »Du musst wissen, die Frau des Bauern ist eine Hexe«, flüsterte er.

Remer schaute ihn mit großen Augen an – und prustete vor Lachen los. Er konnte es einfach nicht glauben. Doch der junge Mann ließ sich nicht beirren. Er erzählte von haarsträubenden Dingen, die auf dem Hof passierten. Remer war immer noch skeptisch und wollte einen Beweis für die angeblichen Zauberkräfte der Bauersfrau. Er versprach dem Knecht seinen Wochenlohn, wenn er ihm diesen Beweis liefern könnte. Per Handschlag wurde das Ganze besiegelt.

Noch am Abend legte sich der Knecht auf die Lauer. Er schaute heimlich durchs Fenster in das Zimmer der Bäuerin. Als sich alle auf dem Hof zur Nachtruhe bereitmachten, huschte die Bauersfrau in ihre Kammer, nahm ein kleines Fläschchen mit einer Salbe vom Kaminsims und rieb sich damit ein. Während sie dies tat, sagte sie einen sonderbaren Spruch auf: »Heruterdituut, to'n Schosteen heruut; over Buske un Broake, to Bremen in't Wienkeller!«

Was dann geschah, mochte der Knecht nicht glauben: Die Bäuerin löste sich plötzlich in Luft auf und war spurlos verschwunden. »Wenn das kein Beweis ist!«, dachte der Jüngling und schlich sich ins Zimmer, um den Zauber selbst auszuprobieren. Er rieb sich ebenso mit der Salbe ein und sprach feierlich: »Heruterdituut, to'n Schosteen heruut, dör Buske und Broake, to Bremen in't Wienkeller!«

Wie von Geisterhand wurde er daraufhin durch den Ofen der Kammer gerissen und flog geschwind durch die Nacht. Doch der Tölpel hatte den Zauberspruch falsch aufgesagt. So sauste er unterwegs nicht hoch in den Lüften, sondern dicht über dem Boden durch Gestrüpp und Gebüsch. Dabei zerriss er sich seine Kleidung und fing sich manche Schramme und Kratzer ein. So kam er in Bremen an und landete schnurstracks im Weinkeller unter dem Rathaus. Dort saß eine feiernde und lachende Menge – und mittendrin die Frau seines Herrn! Sie lachte meckernd, als sie den Knecht völlig zerrissen und zerzaust erblickte. Die Bauersfrau lud den Jungen auf ein Glas ein. Beide verlebten eine gesellige Nacht, in der viel gelacht und noch mehr gezecht wurde.

Als der Morgen kam, sprach die Frau: »Es ist Zeit. Wir müssen zurück.« Der Knecht schaute auf die Schrammen an seinen Armen und ihm graute vor dem Rückflug. Doch die Bäuerin lachte – und verwandelte sich vor den Augen des Mannes in einen Ziegenbock. »Setz dich auf meinen Rücken«, meckerte das Tier. Und so schwang sich der Jüngling auf den Rücken des Ziegenbocks. In weiten Sätzen preschte das seltsame Gespann über das Land.

Als die beiden am Zwischenahner Meer ankamen, hielt der Ziegenbock und warnte den Jüngling: »Für den Rest der Reise sprich kein Wort!« Dann machte das Tier einen gewaltigen Sprung und flog im hohen Bogen über das Meer. Als sie hoch in der Luft waren, lobte der Knecht: »Ein guter Sprung für einen Ziegenbock!« Erschrocken hielt er sich die Hand vor den Mund, doch es war zu spät: Noch im selben Moment stürzte er vom Rücken des Tieres in die Tiefe und landete mit einem lauten Platschen im Wasser. Der Ziegenbock aber flog weiter und war bald verschwunden.

Der Knecht aber konnte sich klatschnass ans Ufer retten und stolperte zwei Tage durch die Gegend, bis er endlich völlig erschöpft wieder auf dem Hof in Marienchor ankam. Der erste Mensch, den er dort sah, war die Bauersfrau. Sie zwinkerte ihm zu und lachte: »Wärst du geflogen, wärst du schon längst hier gewesen.«

Der Jüngling aber ging zum alten Remer und erzählte ihm seine Geschichte. Er zeigte ihm auch die Kratzer und Schrammen, mit denen sein Körper übersät war. Remer glaubte dem Knecht, denn dieser hatte alles sehr eindrücklich geschildert. Noch am selben Tag packte er seine Siebensachen, drückte dem Knecht das versprochene Geld in die Hand und machte sich vom Acker. In dieser seltsamen Gesellschaft wollte er um keinen Preis länger bleiben.

Die Nachtmerrie von Blijham

Eine Nachtmerrie (merrie = Stute) in den Niederlanden oder eine Walriderske in Ostfriesland sind männliche oder noch öfter weibliche Nachtmahre, die sich in menschlicher oder tierischer Gestalt auf die Brust eines meist schlafenden Menschen setzen. Am häufigsten betroffen sind junge Männer, die unter der ungeheuren Last zu ersticken drohen. Sitzt eine Nachtmerrie auf ihnen, ist die Not groß: Bewegen können sie sich nicht, um Hilfe rufen können sie auch nicht. Frei kommen sie, wenn sie der Nachtmerrie ein Geschenk versprechen, welches diese dann zu einem späteren Zeitpunkt einfordert.

Um den Besuch einer Nachtmerrie zu verhindern, stellt man seine Schuhe umgekehrt vor das Bett oder kreuzt seine Socken auf dem Boden. Denn die Nachtmerrie muss von den Schuhen oder Socken des Schlafenden aus das Bett besteigen. Zeigt die Schuhspitze vom Bett weg, muss sie auch vom Bett weggehen. In den Niederlanden steckte man zum Schutz vor einer Nachtmerrie eine Stecknadel ins Bettzeug oder nahm ein Säckchen Mehl mit ins Bett. Denn eine Nachtmerrie darf nichts mitnehmen, es würde aber immer etwas Mehlstaub an ihr hängen bleiben, wenn sie in ein mehliges Bett steigt.

Oh, es ist seltsam und schrecklich mit diesen Frauen: Sie können nicht anders handeln, als Menschen zu belästigen und zu quälen, da der Teufel sie in seiner Gewalt hat. Es heißt, wenn es sieben Mädchen in einer Familie gibt, ist die schönste von ihnen eine Nachtmerrie. Aber diese Mädchen sehen oft auch mager aus und sind klein.

In Blijham hatte zu Zeiten ein Bauer großen Ärger mit einer Nachtmerrie. Er wusste keinen Rat, wie er sie loswerden oder vertreiben könnte.

»Du stellst deine Pantoffeln umgekehrt vor dein Bett«, sagte da sein Nachbar zu ihm.

Das tat der. In der Nacht konnte die Nachtmerrie denn auch nicht in seine Butze steigen und sich auf ihn setzen. Stattdessen bekam der Bauer sie zu fassen und packte sie bei den Haaren. Nun hatte er sie gefangen. Doch sie konnte ihn überlisten, als sie rief: »Ik bin Taitje van Laier, griep mie nait bie mien hoar, mor bie mien klaier.«*

Der Mann gehorchte und versuchte, sie bei den Kleidern zu fassen. Doch als er sie losließ, war sie sofort verschwunden. Würde sie wieder kommen? Der Bauer klagte dem Nachbarn sein Leid.

»Ich weiß noch ein weiteres Mittel, wie du sie fangen kannst«, sagte dieser. »Du musst dafür sorgen, dass du den Laden von deinem Fenster zuziehen kannst. Wenn du merkst, dass sie im Raum ist, schließt du den Laden und hast sie gefangen.«

Am Abend befestigte der Bauer das eine Ende einer Schnur an dem Fensterladen und das andere Ende band

* Ich bin Taitje van Laier, pack mich nicht bei meinen Haaren, sondern bei meinen Kleidern.

er um sein Handgelenk. In der Nacht hörte er leise, aber deutlich, wie die Nachtmerrie durch sein Zimmer schlich, der Stuhl knarrte und dann kam sie auf sein Bett. Er zog schnell an der Schnur und der Fensterladen war zu. Jetzt konnte er sie fangen! Er griff sie bei ihren Haaren und wollte sie auf den Boden werfen – doch dann nahm er überrascht wahr: die Nachtmerrie war eine sehr hübsche, wenn auch etwas kleine Frau.

Sie fing an zu stöhnen und zu jammern: »Warum lässt du mich nicht frei?«

»Warum hast du mich so gequält und gepeinigt?«

»Ich konnte nicht anders«, sagte sie, »ich musste das tun. Aber ich werde dich jetzt in Ruhe lassen. Ich verspreche es dir.«

Da ließ der Bauer sie frei und danach ging alles gut. Die Nachtmerrie besuchte ihn nie wieder.

Ebenfalls in Blijham suchte eine Nachtmerrie einmal eine ältere Frau heim. Sie nahm zu ihrer Verteidigung einen dicken Stock mit ins Bett und sobald sie merkte, dass die Nachtmerrie in ihr Bett kroch, schlug sie auf sie ein. Mit Erfolg, die Nachtmerrie verschwand durch eine Ritze aus dem Schlafzimmer.

Auffällig war aber am nächsten Morgen, dass die alte Ida, sie wohnte am Ende der Kerklaan, einen Verband um Kopf und Hände trug und vor Schmerzen jammerte. In der Folge blieb die Frau für eine längere Zeit von der Nachtmerrie verschont. Doch sie kam wieder. Daraufhin ging die Frau nach Winschoten zum

Wickwief, einer Wahrsagerin. Diese gab ihr einige Blechdöschen mit, die sie an unterschiedlichen Plätzen in ihrem Schlafzimmer aufstellte. Dieser magische Schutz verhinderte weitere Besuche der Nachtmerrie.

Die Walriderske

Auf einem Hof im Rheiderland lebte einst ein junger Knecht, der Jan hieß. Er war tüchtig und zufrieden. Aber er sehnte sich nach einer Frau, mit der er sein Leben teilen konnte.

Es kam eine Zeit, in der Jan nachts von bösen Träumen heimgesucht wurde. Immer wieder schien es ihm, als ob im Schlaf irgendetwas oder irgendwer vom Bettende heraufkroch und sich auf ihn legte. Dann fühlte der Knecht eiskalte Hände, die nach ihm griffen und ihm den Hals zuschnürten. Eine schwere Last drückte auf seine Brust und lähmte ihn. Und gerade wenn Jan glaubte, ersticken zu müssen, wachte er schweißgebadet und schreiend auf.

Schließlich fasste er sich ein Herz und erzählte seinem Bauern von den Träumen. Der Hofherr blickte ernst, zog an seiner Pfeife und murmelte dumpf: »Die Walrider!«

Der Knecht runzelte die Stirn: »Walrider?«

»Das sind geisterhafte Wesen, die nachts über die Schlafenden herfallen. Sie klammern sich an sie und saugen ihnen den Atem aus, um ihre Seelen zu nähren«, erklärte ihm der Bauer.

Eine solche wundersame Geschichte hatte der Knecht noch nie gehört. »Wisst Ihr auch, wie man sich vor diesen Wesen schützen kann?«

»Sie sind Nachtgeister, kein Mensch kann sie packen. Wenn du aber deine Schuhe mit den Hacken ans Bett stellst, können Sie dich nicht anfallen. Dann müssen Sie umkehren und durchs Schlüsselloch verschwinden. Steckt aber ein Korken in dem Loch, ist der Weg abgeschnitten, dann müssen sie ihre wahre Gestalt annehmen und dem dienen, der sie gefangen hat.«

An diesem Abend legte sich der Knecht früher als sonst zur Nachtruhe. Bevor er die Kerze auf dem Tisch neben sich löschte, stellte er seine Stiefel mit den Hacken ans Bett, so dass die Spitzen zur Tür wiesen. Stunde um Stunde verging, ohne dass etwas geschah. Gerade als der Knecht einschlief, strich plötzlich ein kalter Hauch über sein Gesicht. Schlagartig war Jan wach. Er erblickte in der Ecke des Zimmers eine schemenhafte Gestalt, die sich langsam auf ihn zuschob, und stellte sich schlafend. Doch die Gestalt verharrte vor dem Bettende – denn sie sah die umgedrehten Stiefel: Mit einem lauten Zischen machte das Wesen kehrt und wollte fliehen. Doch der Knecht war schneller: Mit einem Satz sprang er aus dem Bett, hechtete zur Tür und stopfte einen Korken ins Schloss.

Jan sträubten sich die Nackenhaare, als hinter ihm ein lautes Wehklagen erklang. Er drehte sich um und blickte auf einen feinen Nebel, aus dem sich allmählich eine Gestalt herausschälte.

Dem Knecht gingen die Augen über: vor ihm stand ein wunderschönes Mädchen mit Haar wie Gold und Augen wie die See. Das Wesen dankte Jan unter Tränen dafür, dass er es von dem Fluch erlöst habe. Seit vielen Jahren schon, so berichtete das Mädchen, sei es verdammt, als Walriderske durch die Nacht zu streifen.

Jan hatte sich mit dem ersten Blick in das Mädchen verliebt und auch die unbekannte Schöne fand Gefallen an dem Knecht. Doch sie warnte den jungen Mann: »Erzähle niemanden, wer oder was ich bin, und gib' acht, dass der Korken im Türschloss bleibt. Denn wenn du ihn herausziehst, muss ich von dir gehen!«

Bald schon wurde auf dem Hof Hochzeit gefeiert. Der Knecht lebte viele Jahre glücklich mit dem Mädchen zusammen. Es schenkte ihm sogar zwei Kinder und das Glück schien vollkommen.

Eines Tages, als der Knecht auf dem Feld arbeitete, besuchte der alte Bauer das Häuschen der beiden. Die Frau versorgte gerade die Kinder. »Jan kann sich glücklich schätzen, eine Frau wie dich zu haben«, sagte der Hofherr. Dann wurde der alte Mann nachdenklich und fragte: »Trotzdem weiß ich immer noch nicht, wer du bist und wo du herkommst. Ich habe dich hier im Dorf noch nie gesehen.«

Die junge Frau schwieg beharrlich, sie durfte ihr Geheimnis nicht preisgeben. Auch als der Bauer eindringlich nachhakte, blieben ihre Lippen verschlossen.

»Stures Kind!«, fluchte der Hofherr, stand auf und ging. Mit einem lauten Krachen ließ er die Tür hinter sich ins Schloss fallen – und da geschah es, dass der Korken, der über all die Jahre im Schlüsselloch gesteckt hatte, sich löste und zu Boden fiel. Die Walriderske blickte traurig auf ihre kleinen Kinder. Die Zeit des Abschieds war gekommen. Langsam löste sich ihre Gestalt auf und ein feiner Dunst entwich durch das Schlüsselloch nach außen.

Als der Knecht am Abend nach Hause kam, fand er sein Heim verlassen vor. Nur seine beiden Kinder lagen weinend in ihren Bettchen. Verzweifelt durchsuchte Jan jeden Winkel seines Heimes und rief nach seiner Frau. Als er den Korken auf dem Boden fand, da wusste er, dass er sie nie wiedersehen würde. Aber solange er lebte, spürte er ihre Nähe. Jeden Tag, wenn der Knecht von der Arbeit heimkehrte, fand er das Haus geputzt und aufgeräumt vor. Die Betten waren frisch gemacht, auf den Laken lag die Wäsche und auf dem Herd dampfte das Essen. Dann seufzte Jan und dachte an seine Walriderske, die nun wieder als ruheloser Nachtgeist umherziehen musste.

Der Kampf mit dem Nachtmahr

Zu Zeiten arbeitete in Blijham ein junger Mann als Knecht auf einem großen Polderhof. Gesund und stark packte er fleißig mit an und alle waren sehr zufrieden mit seiner Arbeit. Doch nach ein paar Wochen fiel auf, dass der junge Knecht immer magerer und blasser wurde. Dabei bekam er reichlich zu essen wie alle auf dem Hof. Und doch wurde er von Tag zu Tag schmaler.

Auch der alte Hofbesitzer bemerkte, dass sein Knecht immer weniger wurde, indes dachte er, dies käme von der vielen harten Arbeit auf dem Hof und in den Getreidefeldern. Mit der Zeit würde er sich schon an die Arbeit gewöhnen, sagte er sich. Doch der Knecht wusste, dass es nicht an der harten Arbeit lag, denn er kannte seit seiner Kindheit nichts anderes.

Am Sonntag im Gasthof bemerkte auch ein Großknecht von einem anderen Hof, dass unser Knecht so schlecht aussah. »Was ist mit dir los?«, fragte er ihn. »Du siehst so elend aus! Bekommst du nicht genug zu essen?«

Da fasste sich der Knecht ein Herz und erzählte, was ihn belastete. »Das Essen ist es nicht, das ist gut und reichlich. Die Arbeit ist es auch nicht, die verrichte ich gerne. Hör zu, du musst wissen: Ich schlafe beim Bauern auf dem Dachboden in der Kammer über der Scheune. Von dort kann ich direkt ins Heu springen. Es ist aber an Schlaf nicht zu denken, denn genau um zwölf Uhr nachts geht die Scheunentür auf und dann kommt ein grausiges Wesen mit klirrenden Ketten an den Beinen in meine Kammer. Diese Ketten schleifen über den Boden. Ich bin dann wie erstarrt und ich bekomme so eine große Angst. Dieser Teufel setzt sich auf mich und mir ist, als würde mir jemand die Kehle zudrücken. Mit dem alten Bauern mag ich nicht darüber sprechen. Aber du kannst dir vorstellen, es macht mich völlig fertig. Ich kann nicht mehr.«

»Solche Besuche würden mich auch fertigmachen«, entgegnete der Großknecht. »Das ist ein teuflischer

Nachtmahr. Aber ich weiß eine Lösung, ich komme heute Nacht zu dir. Gemeinsam schaffen wir es sicher, ihn zu vertreiben.«

Und so geschah es. In der Nacht lagen die beiden Knechte in der Kammer und warteten auf den Nachtmahr. Sie versuchten nicht zu reden, sie versuchten nicht zu schlafen. Schlag Mitternacht war es so weit. Der Nachtmahr öffnete die Tür zur Scheune und die Knechte hörten das Rasseln der Kette. Das Geräusch kam immer näher in ihre Richtung. Der magere Knecht erstarrte wieder vor Angst, doch der Großknecht war bereit und wartete ab. Gebannt blickte er in die Dunkelheit, er konnte den Nachtmahr zwar hören, aber nicht sehen. Plötzlich spürte er, wie etwas an ihm vorbeistrich. Der Großknecht griff zu seinem Taschenmesser und stach in die Luft. Er fühlte, dass er etwas getroffen hatte, wusste aber nicht, was es war. Dennoch war sein Angriff erfolgreich. Nach dieser Nacht erschien der Nachtmahr nie wieder bei dem Knecht in der Scheune und der ausgezehrte Knecht gelangte auch bald wieder zu Kräften.

Witte Frauen

Zahlreich sind die Hexen, die am Dollart wohnen, die Kräuter im Deichvorland suchen und im Watt tanzen. Manchen ist die Hexenkunst angeboren und wurde von der Mutter an die Tochter vererbt. Diese Familien besitzen oft ein Zauberbuch, das freilich nicht jeder lesen kann. Wer aber die Kunst des Lesens eines Zauberbuches beherrscht, kann aus diesem Werk vielerlei lernen, allein man muss das Buch von hinten nach vorne lesen. Diese Hexen sind oft freundliche und erfahrene Heilerinnen.

Anders verhält es sich mit den Menschen, die die Hexerei durch einen Pakt mit dem Teufel erlernen. Dabei handelt es sich meist um alte, böse Frauen, aber auch Männer werden so zu Hexern. In der Regel können sich diese Hexen in eine Katze verwandeln, manche auch in eine Eule oder eine Kröte. Sie verzaubern Menschen, indem sie einen Kranz in ein Kopfkissen hexen. Wer darauf schläft, ist verhext. Wenn das Vieh krank ist, kommt das oft von einer Hexerei. Auch das schlechte Wetter geht meist auf die Hexen zurück, denn sie können Sturm, Hagel und Regen heraufbeschwören.

Um Mitternacht kannst du sie tanzen sehen. Manchmal bei Ebbe im Watt, manchmal zwischen den Birken und Buchen, wo dann ein Hexenkreis aus Pilzen entsteht. Und merke, über Hexen sollte man nicht zu viel reden und möglichst nicht ihren Namen nennen. Denn sonst können sie auch dich verhexen.

Besonders zu erwähnen, sind die Witten Frauen oder Juffers (Jungfern), die weißen und oft auch weisen Frauen. Witte Frauen sieht man überall im Rheiderland, sie tanzen gerne am Deich und schweben über die Tjamme bei Finsterwolde. Kommen drei Witte Frauen zusammen, trägt eine von ihnen ein schwarzes Tuch, ganz gleich, ob sie zusammen tanzen, durch die Luft fliegen, über die Deiche mit einem Körbchen am Arm laufen oder an ihren Spinnrädern sitzen.

Die Witten Frauen sind gefürchtet. Als sie einmal von Termunten den Deich entlang zur Fiemel gingen, sagten sie zu Fokke, er solle sich beeilen, nach Hause zu kommen, er müsse sterben. Schon am nächsten Tag war er tot. Allein schon ihr Anblick kann einem den Tod bringen. So gingen vier Witte Frauen einst aus Oterdum über den Deich ins Watt und wurden von einem Mann beobachtet, der so erschrak, dass er kurze Zeit später starb.

Andere Männer waren mutiger. So gingen eines Abends ein paar Knechte aus Termunterzijl auf den Deich. Ein Bauernjunge sagte: »Ich wünschte, ich könnte mal eine von diesen Witten Frauen sehen. Dann würde ich sie mit nach Hause nehmen.«

Tatsächlich kamen vier Witte Frauen aus dem Watt vorbeigetanzt. Sie sahen aber aus wie Schafe, denn sie hatten ganz dünne Beine. Tatsächlich hielten die Knechte sie denn auch für Schafe und trieben sie über den Deich vor sich her. Angekommen bei einer umzäunten Weide, wollten die Bauernjungen die »Schafe« fangen. Doch die Witten Frauen sprangen einfach an ihnen vorbei, lachten und tanzten weiter auf dem Weg. Die Knechte gaben nicht auf, sie holten die »Schafe« wieder ein und wollten sie packen. Doch sie griffen durch die Wesen hindurch und ins Leere. Die Jungen erschraken sehr und liefen so schnell sie konnten zurück zu ihrem Hof.

Hexen am Wegesrand

Wer von Bunde nach Neuschanz ging, musste stets achtsam sein, denn am Wegesrand lauerten Hexen. Man erkannte sie an ihren »Oorijzers«, einem Reif aus Gold, mit dem sie ihr Haar zusammenbanden. Eine trug eine schwarze Mütze darüber. Die Hexen waren gefürchtet. Man erzählte sich, sie würden sogar Kinder stehlen und man sah die Kleinen niemals wieder.

Ein Mann aus dem Deichdorf Drieborg bei Neuschanz, kaufte einmal Bäume im Nachbarland. Er schickte seinen Sohn mit 60 Gulden zu einem Auktionator nach Weener. Aber der junge Mann fürchtete sich, denn er musste über den Weg gehen, an dem die Hexen lauerten. Tatsächlich dauerte es nicht lange, da stand er einer der Zauberinnen gegenüber. Schreiend nahm er Reißaus und flüchtete in ein Haus, wo er stammelnd von seiner Begegnung berichtete. Dass es eine Hexe war, daran bestand kein Zweifel für ihn, denn die Frau hatte ein Ohreisen getragen. Die Menschen aus dem Haus beruhigten ihn. Ihm würde nichts Böses geschehen, er habe sich sicher geirrt, sagten sie.

Tatsächlich war draußen keine Gestalt zu sehen. Da machte sich der junge Mann wieder auf den Weg und kam wohlbehalten in Weener an. Doch als er sich umschaute, sah er hinter sich überall rotgelbe Asche liegen. Man erzählte sich, dass Hexen immer Asche unter den Füßen hatten. Nun wusste der junge Mann aus Drieborg, dass die Hexe ihn verfolgt hatte.

Spukgestalten

Die Geister der Normannen in Midwolda

In vergangenen Zeiten überfielen die Normannen mehrmals das Rheiderland und plünderten die Dörfer. Sie machten ihre Schiffe am damaligen Kirchturm von Midwolda fest. Leider gibt es diesen Turm heute nicht mehr, dort steht jetzt ein Bauernhof. Aber nicht alle Normannen überlebten diese Raubzüge, einige ertranken im See am Weiler Meerland. Die Jahrhunderte vergingen. Aus dem See wurde ein Moor. Aus dem Moor ein Revier für Wilderer, die mit ihren Vorderladern Wildgänse schossen – und ein Ort für die Geister der ertrunkenen Normannen.

Eines Abends waren zwei Männer auf der Pirsch, die sachte durch das Moor schlichen. Vorsicht war geboten, wollten sie nicht die Gänse verscheuchen oder durch einen falschen Tritt im Morast versinken. Auch mussten sie Acht geben, dass der Wildhüter sie nicht erwischte. Leise, leise. Kein Geräusch war zu hören.

Und doch passierte es: Plötzlich flatterte ein Schwarm Gänse vor ihnen auf. Die Wilderer zuckten zusammen. Sie waren doch so vorsichtig gewesen. War etwa der Wildhüter in der Nähe? Sie blieben geduckt stehen, sahen sich um und in die Dämmerung hinein.

Was sie erblickten, erschreckte sie freilich mehr als jeder Wildhüter. Eine weiße Gestalt schwebte lautlos über die Tümpel im Moor. Vor ihr flackerte eine kleine rote Flamme. Die Wilderer ergriffen in Panik die Flucht und rannten los.

Bei Geistern und Irrlichtern im Moor bleibt einem nur, Reißaus zu nehmen, wenn einem sein Leben lieb ist. Doch der Geist des Normannen folgte ihnen. Sie versuchten, wie die Hasen Haken zu schlagen, verließen den Pirschweg und sanken im Schlamm ein, befreiten sich schnell wieder, stolperten weiter. Den Geist auf ihren Fersen. Außer Atem, verdreckt und völlig durchnässt erreichten sie ihre Hofstelle und waren in Sicherheit. Aus Angst vor dem Normannengeist gingen Vater und Sohn nie wieder nachts ins Moor, um zu wildern.

Der Poltergeist von Winschoten

Geister wohnen oft in Häusern, wo sie laut poltern, um die Bewohner zu vertreiben, damit sie wieder ihre Ruhe haben.

Auch in Winschoten stand so ein Haus. Nachts gab es dort oft einen höllischen Lärm. Die Türen wurden so fest zugeschlagen, dass der Kalk von den Wänden bröckelte. Ihr könnt euch denken, dass niemand in dem Spukhaus wohnen wollte. Bis sich eines Tages ein Mann aus Winschoten fand, der dem Spuk auf den Grund gehen wollte. Zu seinem Schutz nahm er eine Bibel mit, die er vor sich auf den Esstisch legte. Doch diese Vorsichtsmaßnahme kümmerte die Poltergeister nicht. Ein Geist warf die Bibel einfach gegen die Wand. Nach

Mitternacht scheuchten sie den Mann von einem Raum in den nächsten, bis sie ihn aus dem Haus gejagt hatten.

Doch der Mann gab nicht auf. Diesmal wollte er gemeinsam mit seinen Freunden die Nacht in dem Spukhaus verbringen. Sie bezogen die Betten und trafen sich in der Küche zu einem späten Mahl. Sie setzen sich an den Tisch und eine junge Frau sagte, dass es in ihrer Familie Sitte sei, vor dem Essen zu beten.

»Möchtest du das Gebet sprechen?«, fragte sie.

Da betete der Mann mit geschlossenen Augen das Vaterunser. Als er seine Augen wieder öffnete, spürte er, dass die Poltergeister verschwunden waren. Die Worte: »Erlöse uns von dem Bösen« konnten sie nicht ertragen.

In dieser Nacht blieb alles ruhig. Kein Gegenstand flog mehr durch das Haus, keine Tür wurde mehr geschlagen. Das Poltern hatte ein Ende. Trotzdem wollte niemand in dem Haus wohnen. Schließlich wurde es abgerissen und ein Geschäft an dieser Stelle aufgebaut. Von den Poltergeistern aber hat man nie wieder etwas vernommen.

Der grüne Geist im Wiemannshof

Um 1700 erbaut, zur Zeit der Entstehung des Bunder Interessenpolders, zählt der Wiemannshof zu den ältesten Gulfhöfen Bundes. In den 1990er Jahren eine Ruine wagte der Bauunternehmer Aalderk Huisinga das scheinbar Unmögliche und restaurierte den großen Hof, wobei er das ganze Dorf einspannte. Fragen Sie heute noch einen Handwerker aus Bunde, dann hören Sie: Alle haben im Hof gearbeitet, Leitungen verlegt, Wände gemauert, das Dach gedeckt.

Schließlich erstrahlte der Hof im neuen Glanz. Nun, kein landwirtschaftlicher Betrieb mehr, beherbergte er ein Restaurant, Ferienwohnungen und ein Museum über den Dollart. Fragen Sie heute noch einen Bewohner, dann hören Sie: Alle haben dort gefeiert, die Taufe ihrer Kinder, ihre Hochzeit, die Beerdigung der Schwiegermutter oder wenigstens eine Pizza gegessen. Als sich der Restaurantbetrieb nicht mehr auszahlte, stand der Hof kurze Zeit leer, bis meine Frau und ich ihn übernahmen. Sie arbeitet hier als Ärztin. Aus Wintergarten und Clubraum wurden eine Praxis. Ferienwohnungen und Museum blieben bestehen. Und das ist auch gut so. Denn manchmal, wenn das Museum geschlossen ist, treffe ich ihn: Den grünen Geist vom Wiemannshof. Neulich erst sah ich in der Nacht, wie er durch die Wand vom Gang ins Museum ging. Er trägt einen blauen Overall, eine Bauernmütze und hat eine grüne Haut. Daher nenne ich ihn den grünen Geist. Er spricht leider nicht mit mir, sondern verschwindet mit einem Lächeln in den Weiten des Hofes. Er scheint sich hier sehr wohl zu fühlen. Denn manchmal höre ich des Nachts leise Geräusche, wenn er im Museum auf den Treckern sitzt oder die Windfege kurbelt, vom Höhenförderer rutscht oder auf dem Dreschblock für den Raps balanciert. Der grüne Geist verbreitet eine gute Stimmung im Hof und ich hoffe, dass er noch lange bei uns bleibt.

Räuber, Mörder und andere Finsterlinge

Die blaue Flamme von Halte

Ganz im Süden des Rheiderlandes liegt der Ort Halte; ein uralter Flecken, in dem schon Mönche gewirkt haben. Hier verlief auch die Grenze zwischen Ostfriesland und dem Münsterland. Früher ging es hier nicht zimperlich zu und so manches Gefecht wurde ausgetragen, doch mittlerweile herrschte Frieden zwischen den Landsleuten und man trieb sogar eifrig Handel miteinander.

Vor vielen Jahren, so erzählt man sich, stand in Halte eine mächtige Burg. Sie gehörte einem reichen Grafen, der aus Österreich oder Bayern gekommen sein soll und hier im Norden eine neue Heimat gefunden hatte. Er war ein großzügiger Mann, der von den Menschen in der Gegend sehr geschätzt wurde. Dem Grafen gehörte auch die Fähre, die über die Ems pendelte und von vielen Kaufleuten und Bauern genutzt wurde. Zwei große, kräftige Knechte brachten die Menschen über den Fluss. Sie waren fleißige Kerle, die nicht nur am Tage, sondern bei Bedarf auch in der Nacht ihren Dienst versahen. Damit sie den Anlegeplatz am Ufer bei Dunkelheit nicht verfehlten, sorgte der Graf vor: In einem Fenster seiner Burg entzündete er eine Leuchte, deren Flamme blau schimmerte. Schon von Weitem konnte man sie in der Finsternis sehen.

Einmal reiste ein Kaufmann aus Münster nach Ostfriesland, um dort Geschäfte zu machen. An seinem Gürtel hing eine prall gefüllte Geldkatze, um Waren einzukaufen. Da die einsamen Wege oft von Räubern und Dieben unsicher gemacht wurden, hatte er einen großen, dunklen Hund bei sich, der ihn beschützen sollte. Das Tier wirkte zwar sehr finster, doch es war treu und zuverlässig.

Die Reise verlief anstrengend und der Kaufmann verlor viel Zeit unterwegs. Eines Abends erreichte er das Emsufer bei Halte. Doch es war schon dunkel und die Fähre war nicht mehr zu sehen. Der Kaufmann seufzte. Seine Geschäfte drohten zu platzen, denn schon am nächsten Tag musste er sein Ziel erreichen. Doch plötzlich drang ein Geräusch an sein Ohr: knarrendes Holz und ein Plätschern. Die Fähre kam!

»Hol over!«, rief er in die Dunkelheit und schon bald konnte er die Umrisse der Pünte und der zwei Fährknechte sehen. Dem Händler fiel ein Stein vom Herzen. Die Reise konnte weitergehen.

Die Fähre legte an und die Knechte gingen von Bord. Als sie sich dem späten Fahrgast näherten, blieben sie plötzlich wie angewurzelt stehen. Der Hund des Kaufmanns hatte sich vor seinem Herrn aufgebaut und musterte die beiden misstrauisch. »Habt keine Angst, er wird euch nichts tun!«, rief der Wartende.

Die Knechte nickten stumm und ließen den Kaufmann auf die Fähre. Der Hund aber blieb an Land und fing an, böse zu knurren. Als die Fährknechte ihn auf das Boot ziehen wollten, schnappte er mit seinen Zähnen nach ihnen. Der Kaufmann wurde nervös. Er konnte sich keine weitere Verzögerung mehr leisten, sonst würde er nicht rechtzeitig zu seinem Handel kommen. »Lass' den Hund. Wir müssen los. Ich kümmere mich um ihn, wenn ich zurückkomme«, schimpfte er.

Die beiden Fährmänner zuckten die Achseln und stiegen an Bord. »Dann muss er eben allein nach Hause gehen«, meinte der ältere der beiden und lachte höhnisch. Das Boot legte ab und fuhr in die Finsternis hinaus. Da heulte der Hund am Ufer laut und klagend auf. Dem Kaufmann wurde es nun mulmig zumute. Tiefe Dunkelheit umgab das Boot. Wohin er auch blickte, er sah nichts als schwarze Nacht. Es war, als triebe die Fähre ins Nichts.

»Sind wir bald da?«, fragte der Händler bang. Der ältere Fährknecht sprach: »Ja, nicht mehr weit. Seht ihr das Licht? Das ist die Burg unseres Herrn.«

Der Kaufmann sah ein merkwürdiges Flackern in der Ferne. Eine blaue Flamme. Das Licht beruhigte ihn und er starrte wie verhext darauf. Mit einem Mal wirkte es so, als ob ein feiner roter Strahl durch die Flamme schnitt. Das Flackern erstarb kurz, dann loderte das Licht wieder aus. Der Kaufmann stutzte: Was war das? Ein Zeichen?

Während er noch grübelte, wurde er plötzlich von einem fürchterlichen Schlag zu Boden gestreckt. Benommen blickte er hoch und sah, wie sich einer der Fährmänner über ihn aufbaute und mit einem Stock ausholte, um ihn endgültig ins Jenseits zu befördern. Der Kaufmann wollte etwas sagen, um sein Leben flehen, doch er brachte keinen Ton heraus.

Da sprang plötzlich der Hund des Händlers an Bord der Fähre und knurrte laut. Das triefendnasse Tier verbiss sich in der Kehle des Fährmannes, der blutüberströmt zusammenbrach. Wie im Blutrausch stürmte der Hund auf den anderen Knecht zu und riss ihn nieder. Der Mann schlug mit dem Kopf auf die Planken und verlor das Bewusstsein. Auch dem Kaufmann versiegten die Kräfte und er fiel in Ohnmacht.

Als der Morgen graute, zog dichter Nebel über die Ems. Die Besatzung eines Schiffes, das aus Leer kam, hörte ein schauriges Heulen, das aus dem grauen Dunst drang. Bald tauchten in dem trüben Schleier die Umrisse eines Bootes auf. Die Seeleute wurden von Grauen gepackt, als sie sahen, was da auf sie zutrieb: Es war eine führerlose Fähre, und die Planken der Pünte waren rot getränkt. Ein großer, schwarzer Hund stand mit blutigen Lefzen auf der Brust eines vor Angst schlotternden Fährknechts. Neben ihnen lag ein anderer Knecht, der keinen Funken Leben mehr in seinem Leib hatte. Und dann war da noch ein Kaufmann, der stöhnend aus seiner Ohnmacht erwachte.

Umgehend wurde der Drost von Leer über den Vorfall unterrichtet. Er schickte eine Schar Landsknechte nach Halte, die den Grafen zur Sache befragen sollten. Doch der Burgherr war spurlos verschwunden. Daraufhin wurde jeder Winkel der Burg durchkämmt und im Keller machten die Soldaten eine grausige Entdeckung: In einer tiefen Grube fanden sie unzählige Leichen und Skelette.

Der Drost wollte nun die Wahrheit über diesen Ort erfahren und ließ den überlebenden Fährknecht foltern. Unter den Qualen gestand dieser, dass er im Auftrag des Grafen zusammen mit seinem Gefährten Reisende erschlagen und ausgeraubt hatte. Die Beute wurde dann unter den Dreien aufgeteilt. Die Raubburg zu Halte ließ der Drost noch am selben Tag in Schutt und Asche legen. Der Knecht wurde zum Tode verurteilt und dann in Egels bei Aurich hingerichtet.

Doch die Gräueltaten blieben ungesühnt. Denn seit dieser Zeit geschehen unheimliche Dinge in Halte: Dort, wo einst die Mordflamme leuchtete, ist zuweilen auch heute noch in dunklen Nächten ein blaues Licht zu sehen und dann klingt von der Ems her das schaurige Heulen eines Hundes.

Die Amelburg von Jemgum

Von Jemgum aus führt noch heute ein Weg nach Westen ins Weideland, den man den »Toten Weg« nennt. In grauer Vergangenheit stand an diesem Weg einmal ein finsteres Gemäuer - die Amelburg.

Hier lebte einst ein kaltherziger und jähzorniger Burgvogt, vor dem jeder Mensch im Ort große Angst hatte; selbst die eigene Familie fürchtete ihn. Er herrschte mit eiserner Hand und zwang die Bewohner zu unmenschlichen

Arbeitsdiensten. Auch presste er jeden Taler aus ihnen heraus, um sich damit sein reiches Leben zu sichern.

Eines Tages kam eine große Hungersnot ins Land. Die Menschen von Jemgum hatten nun noch mehr zu leiden. Den ganzen Sommer und Herbst hatte es ohne Unterlass geregnet, die Äcker und Weiden standen unter Wasser, das Korn verdarb auf den Feldern. Doch damit nicht genug des Leides: Schon kurz vor dem Martinsfest geriet das Land in den Klammergriff der Kälte und bald brach ein strenger Winter herein, wie man ihn lange Zeit nicht erlebt hatte. Viele Menschen erfroren jämmerlich, noch mehr litten Hunger. Ihre Vorräte und ihr Brennholz hatten sie dem Vogt überlassen müssen. Der zeigte keine Gnade und ließ die Einwohner trotz Not und klirrender Kälte weiter für ihn und seine Familie schuften.

Ein paar Männer begehrten auf und boten dem Burgherrn die Stirn. Sie kamen vor sein Gemäuer und forderten Hilfe von ihm ein. Doch der Widerstand brach wie ein dürrer Eiszapfen, als der Vogt die Aufständischen einkerkern ließ. Sie wurden grausam gefoltert und am Ende lagen ihre blutigen Leiber tot im Schnee. Es schien, als ob das Herz des Burgherrn im Winter noch kälter geworden sei.

Doch das Pressen und Drangsalieren brachte irgendwann nichts mehr ein. Als das neue Jahr kam, waren die Menschen am Ende ihrer Kräfte. Alle Vorräte waren aufgebraucht, alle Speicher geplündert. Auch die Kammern der Amelburg leerten sich und nun mussten der

Burgvogt und seine Familie ebenfalls Hunger und Kälte leiden. Bald starb seine Frau, und als er erkannte, wie aussichtslos seine Lage geworden war, wurde der Burgherr sehr zornig und verfiel in große Raserei. Es war mitten in der Nacht, als der kaltherzige Mann im Saal der Burg tobte und alles kurz und klein schlug. Durch den Lärm wurden seine beiden Söhne wach. Sie hatten in ihrer Kammer geschlafen und als sie den Vater toben hörten, schlichen sie nach unten, um nachzusehen. Sie hielten sich zitternd aneinander fest. Als der Vogt sie anblickte, malte er sich einen teuflischen Plan aus.

»Wenn du zwei hungrige Mäuler weniger stopfen musst, kommst du länger über die Runden«, dachte er bei sich. So packte der herzlose Herrscher seine beiden Söhne und schleifte sie zur nahegelegenen Ems. Die Kinder weinten bitterlich und flehten um Gnade. Doch ihr Vater warf sie in den Fluss, wo sie elendig ertranken.

Die Strafe für die grauenvolle Tat sollte noch in dieser Nacht folgen. Der Vogt war gerade auf seine Burg zurückgekehrt, da erfüllte ein ohrenbetäubendes Donnern die Luft. Die Erde brach auf und die Amelburg versank mitsamt ihrem grausamen Herrn und allem, was ihm gehört hatte. Als der Tag anbrach, war dort, wo das Gemäuer gestanden hatte, nichts weiter als eine Anhöhe im Sand zu sehen.

Doch, Wanderer! Meide den »Toten Weg«, wenn Du in Jemgum bist! Denn dort hält sich der Burgvogt versteckt. Er wartet jede Nacht auf unschuldige Seelen, die er packen und in der Ems ertränken will. Das jedenfalls erzählen die alten Menschen von der Amelburg, die zwischen Jemgum und Midlum stand.

Der überlistete Räuber in der Ennemaborg

Wer heute zur Ennemaborg fährt, steht vor einem der ältesten Häuser in Midwolda. Die Besucher erfreuen sich im Frühjahr an der Blüte der unzähligen Stinzenpflanzen vor dem um 1391 als Steinhaus gebauten Landgut. Dahinter erstreckt sich ein Wald, in dem man mit ein bisschen Glück auf Konik-Pferde trifft.

In früheren Zeiten sah die Ennemaburg freilich ganz anders aus. Damals war es eine starke Festung, umgeben von einem tiefen Graben mit dicken Wachtürmen auf beiden Seiten. An der Vorderseite, rechts und links von der Burg, standen zwei große Schatzhäuser.

Zu dieser Zeit geschah es, dass der Burgherr und seine Frau nach Groningen fahren mussten. Sie übergaben die Aufsicht über die Burg ihrem Knecht und der Magd. »Lasst niemanden über die Zugbrücke und in die Burg kommen«, ermahnte sie der Burgherr, »man weiß nie, was für Leute da auf der Straße unterwegs sind.«

Knecht und Magd versprachen gut aufzupassen. Die Herrschaften fuhren los in den herbstlichen Regen. Auf der Burg blieb es ruhig, bis gegen Abend – es war schon dunkel – um Einlass gebeten wurde.

Die Bediensteten sahen vor der Zugbrücke einen großen langen Wagen schwer beladen mit Bierfässern stehen. Der Fuhrmann wiederholte seinen Wunsch. Sein Pferd hatte einen Unfall und er konnte nicht so weit fahren, wie er wollte. Er bat darum, diese Nacht auf der Burg verbringen zu dürfen.

»Das ist nicht möglich«, sagte die Magd, »der Herr hat es verboten.«

Doch der Fuhrmann verwies völlig verzweifelt auf die Nässe und die Kälte der Nacht. Der Knecht bekam Mitleid und ließ die Zugbrücke herunter. Der Fuhrmann lenkte den Wagen in die Scheune, versorgte die Pferde im Stall und gab ihnen etwas Heu zu fressen. Er war mehr als durchgefroren und hatte blaue Lippen. Nun bekam auch die Magd Mitleid und lud ihn in die Küche ein, mit ihnen einen heißen Kaffee zu trinken.

Die Männer saßen an dem großen Tisch. Die Magd servierte den Kaffee. Dabei entdeckte sie, dass der Fremde einen großen Dolch an der Seite versteckt hatte. Ihr Mitleid wich berechtigtem Misstrauen. Sofort dachte sie, dass etwas mit dem Fuhrmann nicht stimmte, und lockte den Knecht unter einem Vorwand aus der Küche, um ihm ihre Beobachtung mitzuteilen. In der Diele hörten sie auch schon andere Leute in der Scheune rumoren. Es war höchste Zeit zu handeln. Geistesgegenwärtig verriegelten sie die Tür der Scheune. Wer auch immer darin war, er kam nicht mehr raus!

Zu dem großen starken Fuhrmann aber blieben sie freundlich. »Du musst hungrig sein«, sagte die Magd.

»Wohlan, es gibt reichlich zu essen auf der Burg und wir servieren unseren Gästen immer nur das Beste. In der Speisekammer steht eine große Vorratskiste. Da ist viel drin, das gut schmeckt. Komm mit mir mit, dann kannst du dir selbst das schönste Stück aussuchen!«

Gemeinsam gingen sie zur Speisekammer und öffneten die Kiste. Die Magd holte ein Stück Speck heraus.

»Der Speck ist mir an der Seite viel zu fett«, mäkelte der Fuhrmann.

Sie warf den Speck wieder hinein und nahm eine Wurst.

»Ach, die Wurst ist nicht kräftig genug«, sagte hungrige Kutscher. »Da ist doch bestimmt noch ein ordentlicher Schinken in der Kiste. Ich glaube, ich sehe ihn schon. Ich hole ihn mir selbst!«

Gierig beugte sich der Fuhrmann vor, um den großen Schinken herauszuholen. Auf diesen Moment hatten der Knecht und die Magd gewartet. Sie packten den Kutscher bei den Beinen und warfen ihn in die Kiste, knallten den Deckel zu und schoben den schweren Riegel vor. In der Kiste konnte sich der Fuhrmann nun ungestört die kräftigste Wurst oder den besten Schinken aussuchen. Doch der Appetit war ihm fürs Erste vergangen.

Magd und Knecht alarmierten die Bürger und Bauern von Midwolda. Sie kamen schnell zur Hilfe und setzen das Gesindel in der Scheune fest, in der sie eine gefährliche Räuberbande gefangen hatten. In der Kiste saß ihr Hauptmann, in jedem Fass auf dem Wagen hatte sich ein Ganove versteckt. Gemeinsam gelang es dem Dorf, die Bande zu überwältigen. Das war ein großes Glück für die Bewohner, denn die Banditen hätten sonst die Ennemaborg geplündert, Knecht und Magd ermordet und noch viel Schaden in Midwolda angerichtet.

Kuper Jan van'd Heid

Das Rheiderland war früher ein unsicherer Flecken Erde. Räuber, Mörder, Diebe und andere Halunken lagen hier auf der Lauer und versetzten die Menschen in Angst und Schrecken. Doch selbst die übelsten Halunken nahmen Reißaus, wenn Kuper Jan van'd Heid kam! Er war ein gefürchteter Räuberhauptmann und befehligte eine Bande wilder Gesellen.

Sie alle waren Heidjer - arme Teufel, die in der Gegend um Holthuserheide in Hütten hausten und vom Besenbinden lebten. Da dies wenig einträglich war, gingen sie auf Beutezug und raubten Menschen aus. Kaufleute, die durch das Land reisten, wurden oft von Kuper Jan und seinen Männern überfallen.

Viele haarsträubende Geschichten weiß man über Kuper Jan zu berichten. Hier sind einige davon:

Kuper Jan und der reiche Händler

Eines Tages kam ein Händler aus Holland in die Gegend. Er hatte Vieh verkauft und trug viel Geld mit sich. Als er sich der Heide näherte, wuchs die Angst vor dem Räuberhauptmann, vor dem stets gewarnt wurde. Noch während der Kaufmann überlegte, wie er sein Vermögen und auch sein Leben bewahren könnte, stand auch schon der gefürchtete Räuber vor ihm. Der Händler stellte sich dumm und sagte zu Kuper Jan, er habe sich verlaufen. Ob er ihm wohl den Weg über die Heide zeigen könne? Jan verspottete den Holländer, doch erklärte er sich bereit, ihm zu helfen.

Schweigend ritten die beiden über das Land und der Händler dachte feixend: »Wenn der Kerl nur wüsste, wie viel Geld ich unter meinem Mantel bei mir trage.«

An einer einsamen Stelle hielt Kuper Jan van'd Heid plötzlich an. Er holte ein Horn hervor und stieß dreimal kräftig hinein. Da ertönte wildes Geschrei rings umher und von allen Seiten stürmten dreißig Männer herbei, die bis an die Zähne bewaffnet waren. Kuper Jan blies noch einmal ins Horn und die Männer blieben stehen.

Dem Händler standen die Haare zu Berge. Freiwillig rückte er sein ganzes Geld raus und die Räuber ließen ihn unversehrt ziehen.

Kuper Jan und der starke Bauer

Kuper Jan galt als der stärkste Mann weit und breit. Immer wenn es hieß: »Da ist aber jemand viel stärker als du«, wurde er rasend vor Wut und konnte nicht eher ruhen, bis er das Gegenteil bewiesen hatte.

So stapfte er eines Tages quer durchs Rheiderland zum Dorf Hatzumerfehn, wo ein Bauer lebte, der Bärenkräfte haben sollte. Unterwegs sah er einige Männer am Wegesrand im Hammrich, die sich abmühten, ein Pferd aus einem Graben zu ziehen. Doch alle Anstrengungen waren vergebens, sie konnten den Gaul nicht befreien. Jan seufzte: »Das ist doch kinderleicht!« Er schob die Männer beiseite, packte das Pferd bei der Mähne und dem Schwanz, hob es aus dem Graben und setzte es wieder auf den Weg. Sprachlos vor Staunen blickten die Männer auf den Räuber, der lachend weiterzog.

Nach einer Weile erreichte er Hatzumerfehn, doch er wusste nicht, wo er den starken Bauern finden konnte. Da sah er einen Mann, der mit einem schweren Eisenpflug über einen Acker schritt und eine Furche zog, die so breit war, dass bequem eine Kuh durch sie wandern konnte. Kuper Jan hielt den Mann an und fragte ihn, wo der starke Bauer wohnte. Der Pflüger war genervt darüber, dass man ihn bei der Arbeit störte.

»Kiek dor man na de Plaatse hen«, meinte er mürrisch.* Jan mochte zwar Kraft in den Armen haben,

* Schau mal zu dem Hof da hinten.

jedoch nicht viel in seinem Kopf. Er schaute in die falsche Richtung und wunderte sich, dass er nichts sah. Da grollte der Mann, hob seinen schweren Pflug auf und benutzte ihn wie einen Zeigestock: »Dor is de Plaatse und hier steiht de Buur!«*

Nun begriff Kuper Jan endlich, dass der Mann, den er suchte, direkt vor ihm stand. Mit einem bösen Lächeln sprach er: »Dor wohnst du? Dann will ik di wiesen, wor ik wohn!«** Dann packte er den Bauern mit einer Hand und hielt ihn hoch in die Luft. Mit der anderen zeigte er übers Land und sprach: »Kiek! Dor achtern is Holthuserheid, un wor de dicke Boom steiht, dor wohn ick!«***

Kuper Jan und das Mädchen

Der Räuberhauptmann Kuper Jan mochte es zwar mit Recht und Gesetz nicht so genau nehmen, doch er hatte ein großes Herz. Wenn es galt, den Schwachen und Armen zu helfen, war er schnell zur Stelle. Denn er selbst hatte nie vergessen, dass auch er schon bittere Not gelitten hatte.

Eines Tages traf er in Holthusen ein kleines Mädchen. Es war schon Abend und das Kind weinte bitterlich.

* Da ist der Hof und hier steht der Bauer!

** Da wohnst du? Dann will ich dir mal zeigen, wo ich wohne!

*** Guck! Da hinten ist Holthuserheide, und wo der dicke Baum steht, da wohne ich!

Jan fragte, was denn los sei. Das Mädchen antwortete schluchzend: »Ich soll über die Meentelande gehen. Doch es ist schon dunkel und ich habe Angst vor Kuper Jan und seinen Räubern!«

Kuper Jan musste darüber schmunzeln, dass man ihn nicht erkannt hatte, und er versprach zu helfen. Kurzerhand hob er das Kind auf seine Schultern und trug es quer über die Meentelande.

Die Meentelande waren ein großes Weideland, das sich von Holthusen nach Weener erstreckte. Als die beiden in Weener ankamen, setzte er das Kind wieder ab. Zum Abschied sprach er: »Wenn di de Lüü fragen, well di over de Maelanne brocht hett, dann segg man: Kuper Jan!«*

Das Mädchen schaute ihn mit großen Augen an und erkannte: So böse, wie die Leute immer sagten, war Kuper Jan doch gar nicht. Sie bedankte sich artig und der Räuber verneigte sich: »Es war mir eine Ehre.«

Kuper Jan auf Beutezug

In Holthusen hatten Kuper Jan und seine Männer bald alles abgegrast. Hier gab es nicht mehr viel zu holen. Doch so voll die Geldsäcke der Räuber auch waren, so leer waren ihre Bäuche. So zogen sie eines Tages durchs Rheiderland, um neue Beute zu machen – und um sich den Wanst vollzuschlagen.

* Wenn die Leute dich fragen, wer dich über die Meentelande gebracht hat, dann sag nur: Kuper Jan!

Sie kamen nach Marienchor und suchten einen Hof heim. Der Bauer war kein besonders großzügiger Gastgeber und wollte der Bande weder Speis noch Trank auftischen. Kuper Jan fackelte nicht lange und brachte ihm Manieren bei. Er ließ den Hofherrn und seine Frau knebeln und fesseln, die Mägde wurden im Keller eingesperrt und der Großknecht unter eine Käsepresse gesteckt.

Nur den kleinen Knecht übersahen sie. Der Junge rannte flink wie ein Wiesel davon und flüchtete zur Pastorei des Dorfes, um dort Alarm zu schlagen. Der Pastor überlegte nicht lange: »Geh' in den Kirchturm und läute Brand!« Er drückte dem Jungen die Turmschlüssel in die Hand, doch der Knabe zitterte vor Angst, denn er glaubte, dass Kuper Jan und seine Männer ihn jagen und totschlagen würden. Da fasst sich Bina, die Magd des Pastors, ein Herz und nahm die Schlüssel. Sie stieg den Turm hinauf und zog wie wild an dem Seil. Laut und hell drang der Klang der Glocke weit über das Dorf und von allen Seiten eilten Menschen zur Hilfe.

Da bekam Kuper Jan es mit der Angst zu tun. Seine Männer und er verließen Hals über Kopf das Dorf Marienchor. Und der erhoffte Festschmaus blieb ihnen verwehrt.

Kuper Jans Ende

Kuper Jan und seine Bande kehrten oft und gern nach Hatzumerfehn zurück, wo der Heidjer einst einem starken Bauern die Leviten gelesen hatte. Seitdem wurde der Räuber im ganzen Dorf gefürchtet und die Bande hatte hier immer leichtes Spiel. Jan und seine Mannen gingen von Haus zu Haus, klopften an die Fenster und riefen: »Wi gahn nun hen!«* Da wussten die Dorfbewohner, dass die Räuber Vieh, Getreide, Schinken und Schnaps aus den Scheunen und Schränken stahlen. Und keiner traute sich, Kuper Jan und seinen Männern die Stirn zu bieten.

Doch irgendwann wurde dem Räuberhauptmann die Gier zum Verhängnis. Eines Tages brachte ein Bauer namens Rewert Brems Korn von Marienchor nach Hatzumerfehn. Mit Taschen voller Geld wollte er die Heimreise antreten, obwohl es schon dunkel war und alle ihn vor den Räubern warnten. Er fuhr mit seiner Kutsche über die holprigen Wege und ahnte nicht, dass Kuper Jan ganz in der Nähe war. Der Räuber hockte auf einem hohen Baum und lauerte dem Bauern auf. Als die Kutsche unter ihm hindurch fuhr, sprang er hinab und landete polternd auf der Ladefläche. Lachend rief er: »Ik bün Kuper Jan van'd Heid, Speck un Kohl is fette Weid!«**

Bauer Brems erschrak heftig und brachte die Kutsche ruckartig zum Stehen. Da kam Kuper Jan ins Straucheln, stürzte von dem Wagen und landete auf dem Rücken im matschigen Kleiboden. Nun sah der Bauer seine Chance gekommen: Er sprang von der

* Wir gehen nun hin!

** Ich bin Kuper Jan von der Heide, Speck und Kohl ist fette Weide.

Kutsche, trat Kuper Jan mit seinen schweren Stiefeln die Brust ein und rief: »Ik bün Rewert Brems van Choor, nüms maakt mi hier Rumoor!«* Und damit waren die Menschen ein für alle Mal von dem Räuber befreit.

Störtebeker in Holtgaste

Wenn der »Tolle Hund« am Horizont erschien, herrschten Angst und Schrecken unter den Händlern auf hoher See. Denn das war das Schiff des legendären Freibeuters Klaus Störtebeker, der mit seiner Bande der »Liekedeeler« die Meere unsicher und der Hanse das Leben schwer machte. Viele Legenden und Mythen ranken sich um den Seeräuber, dem auch gute Verbindungen nach Ostfriesland nachgesagt werden. Das nicht von ungefähr, denn Störtebeker soll eine Tochter des Friesen-Häuptlings Keno II. tom Brok zur Frau genommen haben. Schon sein Vater Widzeld hatte einen Pakt mit den Vitalienbrüdern geschlossen und ihnen Zuflucht in Ostfriesland gewährt. So wird erzählt, dass sich die Seeräuber unter anderem im Kirchturm von Marienhafe verschanzt haben sollen.

Eine weitere Legende besagt, dass Störtebeker auch ins Rheiderland kam. Er soll mit dem »Tollen Hund« über die Ems nach Holtgaste gesegelt sein. Über einen kleinen Seitenarm des Flusses erreichten die Seeräuber

* Ich bin Rewert Brems von Chor, niemand macht mir hier Rumor.

das Dorf und versteckten sich dort nach ihren Raubzügen in der alten Kirche. Das Gotteshaus ist das älteste im Rheiderland und dem Missionar Liudger gewidmet.

Das Band mit den Liekedeelern war jedoch nicht so fest wie erhofft. Die Hanse zwang Keno II., das Bündnis mit Störtebeker und seinen Getreuen aufzugeben. Das war im Jahr 1400. Danach war Ostfriesland kein sicherer Flecken mehr für den Seeräuber und auch in Holtgaste hat man ihn nie wiedergesehen.

Hartnäckig hält sich aber das Gerücht, dass er vor seinem Rückzug in der Kirche einen Schatz versteckt haben soll. Doch Störtebeker nahm das Geheimnis mit ins Grab: Ein Jahr nach dem Ende des Bündnisses wurde er auf dem Grasbrook vor Hamburgs Toren enthauptet.

Geschichten vom Dollart

Die große Flut am Dollart

Wer die Sonne im Dollart versinken sieht, mag kaum glauben, dass dort, wo heute die Wogen rauschen, früher ein reiches Land lag. Grüne Wiesen und goldene Kornfelder erstreckten sich bis zum Horizont. Auf fruchtbarem Boden, wo heute die Ems in den Dollart übergeht, hatte sich ein edles Volk niedergelassen. Prachtvolle Höfe, beeindruckende Städte und Klöster wurden errichtet. Weit über die Grenzen des Rheiderlandes hinaus war der Reichtum des Volks vom Dollart bekannt.

Einen besonderen Glanz hatte die Stadt Torum. Hier sollen acht Goldschmiede und ein Münzmeister ihre Werkstätten gehabt haben. Wenn die große Glocke im Kirchturm erklang, hallte ihr Ruf weit über das Land. Auch im Ort Reiderwolde gab es großen Prunk. Die Frauen der reichen Bauern trugen goldene Schildspangen und kostbare Gewänder. Und in den Klöstern am Meer wurde das Wort Gottes bewahrt und die Ordensleute brachten Fortschritt und Kultur unter die Menschen.

Weil der Glanz und Reichtum so groß waren, hieß es, Gott habe diesen Landstrich geküsst und unter seinen Segen gestellt. Doch dieser Frieden währte nicht ewig.

Denn wo Gold und Macht gedeihen, ist die Gier nicht weit. Die Menschen am Dollart gerieten in Streit und bald suchten blutige Fehden das Land heim.

Im Feuer des Krieges wurden zwei Bündnisse geschmiedet, die im Norden des Rheiderlandes aufeinandertrafen und sich fürchterlich bekämpften. Die verfeindeten Lager waren die Vetkoper und die Schieringer. Raubend und plündernd zogen sie durch die Gegend und versuchten, das Land zu erobern. Schwarzer Rauch über brennenden Häusern verkündete Tod und Elend in den Dörfern. Die Kämpfe kannten keine Sieger, nur Verlierer.

Doch ein weiterer Gegner lauerte im Hintergrund. Es war das Meer, das wie ein Raubtier auf dem Sprung vor dem Land lag und auf seine Gelegenheit wartete. Und schon bald sollte seine Stunde schlagen.

Denn in ihrer blinden Wut hatten die Feinde etwas Wichtiges vergessen: Sie kümmerten sich nicht mehr um die Deiche, die das Land seit Generationen vor der gnadenlosen See schützten. Schlimmer noch: Weil die Kämpfe keinen Sieger brachten, stürzte man sich auf die Sieltore und brannte sie nieder. Nun bahnte sich das Wasser seinen Weg ins Landesinnere und überschwemmte alles. Von Tag zu Tag stieg das Wasser höher und die Menschen flüchteten nach Süden. Viele ließen alles zurück, was sie besaßen. Sogar das Vieh auf den Weiden wurde im Stich gelassen und ertrank jämmerlich.

Diejenigen, die blieben, kämpften verzweifelt gegen die Wassermassen. Als die Not immer größer wurde, wandten sich die Menschen an den reichen Häuptling Tidde Winnengha, der hohes Ansehen genoss. Sie flehten ihn an, er möge einen Deich bauen, damit das Meer nicht auch die letzten Ländereien verschlang. Doch der Häuptling verlachte die Not der Menschen. Er sprach: »Ich will nicht eher deichen, bis die Fluten einen Speer hoch über meinem Land laufen.« Ohne es zu wissen, hatte er damit das Todesurteil über das Land gesprochen, denn die Fluten stiegen immer höher. Bald stand das Wasser nicht nur speerhoch, sondern turmhoch über Winnenghas Ländereien. Auch der Häuptling musste fliehen; er fand Zuflucht im Kloster Palmar. Doch Schutz sollten ihm die Mauern des Ordensheims nicht lange gewähren.

Die Wogen des Meeres brachen immer ungestümer in das Land herein und eines schicksalhaften Tages brachen auch die letzten Dämme und Deiche: Die Dörfer am Dollart versanken in den tosenden Fluten und mit ihnen auch die verfeindeten Krieger. Die stolzen Bauten und viele prächtige Schätze gingen ebenso auf alle Zeiten verloren. Das Meer bedeckte den Landstrich nun wie ein graues Totentuch.

Doch dann und wann ertönt aus der Tiefe des Dollarts ein dumpfer, klagender Laut. Es ist die alte Kirchenglocke von Torum, die die Menschen vor den Fluten warnen will. Doch ihr Ruf findet auch heute noch kein Gehör.

Der Hering im Eimer

Das Rheiderland ist ein Wasserland. Ungezählt sind die Kanäle, die die Landschaft durchpflügen. Groß ist die Gefahr, die vom Meer ausgeht. Die Rheiderländer mussten und müssen stets wachsam sein, um nicht von einer Sturmflut überrascht zu werden. Insofern verwundert es nicht, dass sich in zahlreichen rheiderländischen Orten, die unmittelbar vom Meer bedroht sind, Sagen finden lassen, die Vorzeichen einer anstehenden Überflutung thematisieren. So sollte man beispielsweise achtsam sein, wenn aus Brunnen plötzlich Salzwasser geschöpft wird oder Meerestiere wie Heringe oder Krabben in Süßwassergräben oder Brunnen gefangen werden.

Oft gehen die Sagen auch mit einem Verrat einher. Der Entdecker der Vorzeichen behält seinen Fund für sich und bringt nur sich in Sicherheit, während seine Nachbarn Opfer der Fluten werden.

Die folgende Sage gehört zum Kreis der Erzählungen um die Entstehung des Dollarts. Damals stieß man östlich von Termunten und Punt van Reide noch nicht auf das Watt des Dollarts, sondern auf fruchtbares Ackerland, prächtige Höfe, reiche Dörfer und hohe Steinhäuser. Das Meer war noch fern. Doch an einem Morgen ging ein durstiger Bauer zu seinem tiefen Brunnen, der immer süßes, klares Wasser bot. Der Mann ließ den Eimer in die Tiefe fallen und als er ihn wieder heraufzog, sah er zu seinem großen Erstaunen einen fetten Hering im Eimer herumschwimmen.

»Wie kommt der Hering in den Brunnen?«, fragte sich der Bauer und zerbrach sich den Kopf, sprach aber mit niemanden über seinen Fund. Er starrte Richtung Horizont, betrachtete das Spiel der Wolken. Sah die Sonne ihren Zenit erreichen und im Westen untergehen. Allmählich gewann er eine Vorstellung davon, wie der Hering in den Brunnen gekommen war. Der Fisch musste wohl unter der Erde zum Brunnen geschwommen sein. Das konnte nur bedeuten, dass der wertvolle Acker und die guten Weiden von der See unterhöhlt worden waren. Da wurde dem Bauern mit Entsetzen klar: Beim nächsten Herbststurm würde die See das Land überfluten! Die Existenz aller Bewohner war bedroht!

Was sollte der Bauer tun? Richtig wäre es gewesen, alle zu warnen, damit sich ein jeder rechtzeitig in Sicherheit bringen konnte. Er könnte aber auch schweigen und durch den Verkauf seines Hofes samt des ertragreichen Landes einen großen Gewinn erzielen.

Wieder dachte der Bauer lange nach, beobachtete das Spiel der Wolken, den Gang der Sonne. Auch wenn er die Schuld tief in sich spürte, so schwieg er. Der Bauer verkaufte für einen hohen Preis den Hof und zog in ein höher gelegenes, sicheres Dorf. Doch das Geheimnis belastete sein Gewissen sehr. Mit der Unterschrift unter den Kaufvertrag verlor er sein Lachen für immer und nachts konnte er oft nicht schlafen.

Es geschah, wie er es vorhergesehen hatte. Im Herbst kamen die Unwetter und mit einer großen Sturmflut verschlang das Meer viel Land.

Über zwanzig Dörfer wurden von den Wellen fortgerissen und zahlreiche Menschen ertranken. Der Dollart und die breite Emsmündung entstanden.

Und der Bauer? Ihn zerriss das schlechte Gewissen und er starb noch in der Nacht der großen Sturmflut.

Die Glocke von Fletum

Als die Flut den Dollart schuf und das nördliche Rheiderland verschlang, ging vieles auf alle Zeit verloren. Nicht nur Mensch und Vieh, sondern auch Städte, Klöster und Kirchen. Doch auch lange nach dem schrecklichen Ereignis kam es immer wieder vor, dass das Meer seine Beute wieder freigab. So wie in dieser Geschichte.

Ein Händler aus Rhauderfehn fuhr mit seinem Schiff über die Ems nach Emden, wo er eine Ladung Torf verkaufen wollte. Sein Sohn begleitete ihn. Er war zwar noch jung, aber konnte seinem Vater durchaus zur Hand gehen. Als das Schiff den Dollart erreichte, setzte die Flut ein. Weil die Ladung sehr schwer war, musste der Frachter hart gegen die Strömung ankämpfen. Der Händler beschloss darum, den Anker zu werfen und auf die Ebbe zu warten.

Das Schiff schaukelte auf den Wellen, während der Händler und sein Sohn warteten.

Endlich konnte die Fahrt weitergehen und die beiden zogen den Anker ein. Doch was war das? So sehr sie auch an der Kette zogen: Der Anker bewegte sich kein Stück. Er schien auf dem Boden der Ems festgeknotet zu sein. Noch einmal nahmen Vater und Sohn alle Kräfte zusammen und da, endlich, gelang es ihnen, den Anker einzuholen. Es dauerte eine ganze Weile, bis er die Oberfläche des Wassers erreichte. Und als er schließlich auftauchte, glaubten die beiden ihren Augen nicht zu trauen: Am Haken des Ankers hing eine Glocke, deren Metall matt im Licht der Sonne glänzte.

Der kostbare Fang wurde mit einem Netz an Bord gehievt. Mit einem dumpfen Ton, der lange nachhallte, setzte die Glocke auf den Planken des Schiffes auf. Vater und Sohn bestaunten sie von allen Seiten. Sie war alt, doch unversehrt. Nur Seetang und ein paar Muscheln klebten auf dem Mantel der Glocke. Der Händler erblickte am Rand eine Schrift. Da stand, tief ins Metall getrieben, der Name »Maria«. Nein, sogar ein ganzer Satz stand dort geschrieben. Er lautete: »Maria ik heete – de van Fletum hebben mit laten geeten«. Und noch etwas war zu sehen: das Abbild der heiligen Jungfrau mit dem Jesuskind. Die Hände des Händlers fuhren liebevoll über den Glockenleib, denn er wusste nun: Sie hatten einen wahren Schatz geborgen.

Um die Glocke »Maria« rankten sich viele alte Legenden. Hoch im Turm der Kirche von Fletum hatte sie gehangen. Als der Sturm übers Land brauste und die Wellen schickte, hatte »Maria« ihren klagenden Ruf ertönen lassen, um die Menschen vor der Gefahr zu warnen. Doch es war zu spät. Die Flut kam und riss alle mit sich. Das Läuten von »Maria« erstarb und sie verschwand im Meer. Doch nun war sie wieder ans Tageslicht gekommen.

Stolz kehrten der Händler und sein Sohn tags darauf in ihr Dorf zurück, denn sie hatten ein besonderes Geschenk dabei: die Glocke von Fletum. Vom ganzen Fehn strömten die Menschen herbei. Alle wollten einen Blick auf »Maria« erhaschen. Und bald wollten alle ihre Stimme hören. Viele starke Männer zogen die Glocke den Kirchturm empor, wo sie ihre neue Heimat finden sollte. Mit Spannung warteten die Menschen auf das erste Läuten.

Am Sonntagmorgen vor dem Gottesdienst sollte es so weit sein. An der Kirche hatte sich eine große Menschenmenge versammelt. Alle verharrten in ehrfürchtigem Schweigen und schauten zum Turm hinauf. Dann war der Moment gekommen. Der Küster griff nach dem Strang und zog kräftig daran. Langsam schwang die Glocke hin und her – und dann erklang die Stimme von »Maria«. Hell und zart drang ihr erster Ton über das Land.

Den Alten standen Tränen in den Augen und sie falteten die Hände dankbar zum Gebet.

»Maria« sang weiter. Lieblich und fein. Wie ein Engel.

Die Jungen jedoch schauten sich staunend an. Das sollte alles sein? So leise und zart klang die Glocke? »Lauter, lauter, Marie!«, schrien sie. Ein junger Bursche stürmte wütend den Kirchturm hinauf. Er entriss dem Küster das Seil und zog selbst wie von Sinnen daran.

Die Glocke schwang hin und her, schneller und höher bei jedem Zug. Und immer schriller wurde ihr Läuten. Nun klang es wie ein Wehklagen über das Fehn.

»Wi willen di dood lüden, Marie!«, riefen die Jungen wie im Wahn und grölten vor Vergnügen. Dann jedoch zerriss ein fürchterlicher Knall die Luft und alle standen starr vor Schreck. Die Alten blickten traurig zum Turm hinauf und bekreuzigten sich. Die letzte Glocke vom Dollart war geborsten und blieb für alle Zeiten stumm.

Der Untergang der Stadt Reide

Die Stadt Reide liegt an den Wasserläufen Veenriet und Kerkriet, die noch heute als Priele im Dollart fließen. Auf alten Karten kannst du sehen, wie die Westerwoldsche Aa Reide in Westerreide und Oosterreide trennte. In Reide lebte man wie in einer großen Stadt. Regelmäßig wurde Markt gehalten, die Händler boten ihre Waren aus fernen Landen feil, der Reidermarkt war berühmt für sein vielfältiges Angebot. Auch gab es regelmäßig einen Jahrmarkt, Tanz- und Badehäuser, wo sich die Bewohner unterhielten und belustigten. Die Frauen von Reide trugen wie ihre Schwestern in Torum goldene Platten vor ihrer Brust, die Männer saßen abends im Gasthof, tranken reichlich und nahmen vor lauter Übermut und Wohlstand weder Rat noch Warnung an. So reich und bedeutsam war Reide, das wohl das Rheiderland nach ihm benannt wurde, wie manche Gelehrte behaupten.

Dieser Reichtum war jedoch nicht von Dauer. Die Stadt Reide sollte im Dollart untergehen. Die Frommen behaupten, dass Reide wegen der Gottlosigkeit seiner Bewohner bestraft und überflutet wurde, aber ich bin mir dessen nicht so sicher. Denn dann hätte auch das benachbarte Termunten untergehen müssen. Dort waren die Menschen ebenfalls nicht gottesfürchtig, sondern hochmütig, habgierig und frönten der Völlerei. Termunten war sogar noch viel größer und reicher als Reide gewesen. In Termunten schufen drei Goldschmiede wundervolle glitzernde Geschmeide für die Frauen und in den drei Münzstätten, nach denen Termunten benannt ist, denn Termunten bedeutet drei Münzereien, prägten sie nur Gold.

Reichtum und Wohlstand gingen unter, als Reide überflutet wurde. Den Bewohnern war der Untergang vorhergesagt worden und ein Vorzeichen sollte ihnen andeuten, wann die Katastrophe bevorstand.

Was war das Vorzeichen? In einer dunklen und stürmischen Nacht ging ein Bauer aus Termunten nach Reide. Es war schon nach Mitternacht, als er im Mondschein eine Schar Wiesel zwischen den Bäumen laufen sah, die vom Seedeich bei Reide kamen. Ein Wiesel hatte den Schwanz eines anderen Wiesels im Maul. Es muss ein seltsamer und unheimlicher Anblick gewesen sein.

Dem Bauer wurde mulmig. Er bekam es mit der Angst zu tun, und er rannte, so schnell er konnte, zurück nach Termunten. Da wehte bereits ein halber Sturm, der immer kräftiger und wütender wurde.

In jener Nacht wurde Reide überflutet und fortgeschwemmt. Allein der Friedhof und ein Tanzhaus blieben übrig.

Man sagt, dass diese Wiesel Hexen waren; jedenfalls sind es keine gewöhnlichen Wiesel gewesen, die Reide verließen, als die große Gefahr drohte.

Noch andere Orte wie das kleine Dorf Laiwerke gingen in dieser Nacht unter. Die Toten von Laiwerke begrub man in Termunten. Der Weg, auf dem sie zum Friedhof gefahren wurden, nannte man »Dodeloan« (Totenweg). Später wurde das Land wieder eingedeicht. Wo früher das Dorf Laiwerke sich befand, steht noch das alte Haus »Laiwerkenust«.

Die Seewiefken vom Dollart

Der Dollart ist rau und voller Geheimnisse. Darum waren Angst und Ehrfurcht ständige Passagiere auf den Schiffen der Fischer, wenn sie hinausfuhren. Nicht etwa die Angst vor Wellen und Stürmen bedrückte sie, sondern die Furcht vor dunklen Mächten und Gefahren, die im und auf dem Wasser lauerten. Dazu gehörten auch die Seewiefken – seltsame Wesen, die halb Frau, halb Fisch waren. Sie waren von geheimnisvoller Schönheit und hatten Stimmen so rein wie Engel. Doch wer ihren Gesang vernahm und in ihre Augen schaute, der war verloren und kehrte nie wieder heim. Darum warnten die Fischer aneinander, wenn sie ausfuhren: »Nimm' di vör de Seewiefkes in Acht!«. Doch nicht alle hörten auf die Warnung.

Ein Bootjer aus dem Saterland fuhr eines Tages auf dem Dollart. Als die Ebbe kam, lag sein Boot im Schlick und er wartete auf die Flut. Gedankenversunken starrte er auf das Watt. Die Sonne stand hoch am Himmel, denn es war Mittagszeit, und über ihm kreischten die Möwen. Doch plötzlich hörte er noch etwas anderes. Ein helles Lachen drang zu ihm herüber. Da sah er in einiger Entfernung, wie sich einige Seewiefken im flachen Wasser vergnügten. Gebannt schaute der Bootjer auf die verführerischen Leiber der Wasserwesen und in ihm wuchs der Wunsch, eines zu fangen und mitzunehmen.

Ein anderer Schiffer, der ebenfalls im Watt auf die Flut wartete, schaute zu dem Saterländer herüber. Als er sah, wie der in die Ferne starrte und ihn kaum wahrnahm, rief er: »Was machst Du da?«

Der Bootjer fuhr ertappt zusammen und schaute beschämt zu Boden. »Ach, nichts«, seufzte er. »Da hinten sind Seewiefken und ich hätte so furchtbar gerne eines von ihnen für mich.«

Der andere Schiffer lachte. »Wenn es weiter nichts ist! Geh' raus aufs Watt und rufe: ›Dumme Manntje!‹ Dann kommen sie von selbst.«

Der Saterländer war begeistert. Er sprang von Bord und lief übers Watt zu den Seeweibern hin. »Dumme Manntje!«, rief er laut. »Dumme Manntje!« Doch so sehr er auch rief und so schnell er auch lief, die Seewiefken wollten nicht näherkommen. Sie lachten und huschten immer weiter von ihm fort. Erst nach einer Weile hatte er eines erreicht. Doch als er das Wesen greifen wollte, fiel sein Blick eher zufällig auf den Boden und er erschrak: Die Flut war zurück. Das Wasser stieg immer höher. So musste er das Seewiefken zurücklassen. Sofort machte er kehrt und rannte zu seinem Schiff zurück. Mit letzter Kraft kämpfte er sich durch das immer höher steigende Wasser, die letzten Meter musste er schwimmend zurücklegen. Erschöpft kletterte er an Bord. Als er noch einmal auf das Wasser schaute, sah er die Seewiefken. Sie lachten ihn aus und verschwanden in den Fluten.

Der Schiffer hatte noch einmal Glück gehabt. Andere hatten es nicht.

So wird von einem Matrosen erzählt, dessen Schiff Jahre später ebenfalls auf dem Dollart fuhr. Als der Morgen graute, stand der Seemann an Bord und schaute auf die Wellen. Da sah er plötzlich neben dem Schiff ein Seewiefken. Es ließ sich im Wasser treiben und sang mit lieblicher Stimme ein Lied, das so fremd und doch so wohlig klang.

Der Matrose lauschte gebannt. Das Lied traf ihn mitten ins Herz und er verliebte sich in das Seewiefken. Da packte ihn die Sehnsucht, er stieg in ein kleines Boot und ruderte hinaus, um zu der Schönheit zu gelangen. Er musste sie einfach haben.

Nach einigen kräftigen Ruderschlägen hatte er das Mädchen erreicht. Als er sich nach vorne beugte, um es ins Boot zu ziehen, richtete sich die Meerfrau plötzlich auf, umschlang ihn mit beiden Armen und zog ihn mit sich in das dunkle Wasser des Dollarts. Er wurde nie wieder gesehen. So wie viele Männer vor und nach ihm, die der Ruf der Seewiefken ins Verderben gerissen hatte.

Heute sieht man die Wasserwesen kaum noch, denn der Mensch hat sie verdrängt und ihr Reich geplündert. Doch wer am Dollart steht und lauscht, kann manchmal die Wellen singen hören. Es ist das Lied der Seewiefken.

Die Säbelschnäbler und der Dollartplan

In Sagen übernehmen Tiere oft wichtige Funktionen und haben menschliche Eigenschaften. Tiere in Sagen können zum Beispiel sprechen, hüten Schätze, bedrohen und töten Menschen, verwandeln sich und stehen etwa für die Liebe, das Böse, die Unschuld und vieles mehr. Tiere in einer Sage bringen die Handlung voran und zu einem Abschluss.

Doch lasst mich erzählen, wie allein die Anwesenheit des Säbelschnäblers dafür sorgte, dass eines der größten Projekte in der Provinz Groningen des 20. Jahrhunderts scheiterte und ein nachhaltiges Umdenken in der Rheiderländer Bevölkerung bewirkte. Es ist wirklich sagenhaft, was der Säbelschnäbler allein durch sein Dasein erreicht hat.

In den 1960er Jahren wurden die Böden im Getreideparadies des Rheiderlands sehr intensiv genutzt und es wurde an weiteren Plänen zur Entwässerung des Oldambts und von Westerwolde gearbeitet. Die

Wasserbauexperten entwickelten den Dollartplan, der einen weiteren Polder bei Punt van Reide vorsah. Dazu gehörte auch der Bau eines Außendeichkanals, der sogar für die Schifffahrt nutzbar sein sollte. Der Plan wurde bewilligt, 1970 wurde mit dem Bau eines Schleusensystems an Punt van Reide begonnen, durch welches das Wasser aus dem neuen Kanal abgeleitet werden sollte. Fertiggestellt für 30 Millionen Gulden im Jahr 1974 floss allerdings nie ein Tropfen Wasser durch die Schleuse.

Der Dollartkanal wurde nicht gebaut, denn der Säbelschnäbler war im Weg.

Umwelt- und Naturschützer kämpften für den Vogel, dessen Brutgebiet in den Salzwiesen durch den Dollartkanal zerstört worden wäre. Der Säbelschnäbel bewirke eine Zeitenwende im Rheiderland, in der Provinz Groningen, ja in den gesamten Niederlanden. Zum ersten Mal wurde nicht weiter eingedeicht, um neue Polder für die Landwirtschaft zu gewinnen, sondern die Bauern mussten Land an die Natur abgeben. Der Naturschutz siegte über die Wirtschaft. Der Säbelschnäbler über den Mähdrescher.

1990 wurde das Schleusenwerk an Punt van Reide wieder abgerissen. Die Schleuse bei Nieuwe Statenzijl wurde saniert und übernahm eine wichtige Funktion in der Wasserwirtschaft im Rheiderland, unter anderem auch als Fischtreppe für die Aale, die in die Westerwoldsche Aa wandern wollen. Der Breebaartpolder, der letzte angelegte Polder der Provinz Groningen, wurde zum Naturschutzgebiet erklärt. Der Breebaartpolder bietet unzähligen Watvögeln wie den Lachmöwen, Flussseeschwalben, Küstenseeschwalben und seit wenigen Jahren auch dem Löffler einen wichtigen Lebensraum. Der Säbelschnäbler, der den sagenhaften Kampf um die Natur ausgelöst hat, müsst ihr wissen, hat hier seine größte Kolonie in Europa. Wer mit dem Fahrrad zu Punt van Reide fährt, hat die Möglichkeit, nicht nur unzählige Vögel, sondern auch zahlreiche Seehunde zu beobachten, die hinterm Deich im Watt ruhen und toben.

Wunder und Erscheinungen

Die Totenlichter

In alten Zeiten wussten die Menschen: Die Tore zwischen dem Diesseits und Jenseits öffneten sich immer mal wieder und gaben den Blick frei auf die andere Seite. So gab es auch Zeichen und Erscheinungen, die vom nahen Tod kündeten. Und wer sie erblickte, sah nicht selten sein eigenes Ende kommen. Darum gebt acht, wenn euch ein Licht erscheint. Und höret meine Geschichten dazu. So wie sie mir erzählt wurden und wie ich sie selbst auch erlebt habe.

Eines Abends machten sich zwei Mädchen auf dem Weg durch das Moor bei Weener. Sie waren sehr aufgeregt, denn sie wollten ein Wickwief besuchen. Das waren alte Frauen mit Zauberkräften. Die Mädchen wollten sich von ihr die Karten legen lassen und so einen Blick auf ihr Schicksal werfen. Das Wickwief lebte in einer kleinen Holzhütte, die hinter der Kolonie etwas abseits im Moor lag. Mit klopfenden Herzen liefen die Mädchen über den Weg; um die Angst zu vertreiben, sangen und scherzten sie.

Plötzlich blieb eine der beiden stehen und zeigte aufs Moor. Da schimmerte in der Ferne ein Licht geheimnisvoll in der Finsternis. Das andere Mädchen erschrak und sprach: »Das ist ein Totenlicht! Lass uns bloß weitergehen.«

Doch die Freundin, die noch nicht lange im Dorf lebte und wenig von Vorzeichen wusste, winkte ab. »Ach, was! Sei doch nicht so ängstlich. Das Licht ist sicher eine Laterne an der Hütte des Wickwief.« Es folgte dem Licht einfach weiter und schlug die Rufe und Warnungen ihrer Freundin in den Wind, bis es plötzlich von der Dunkelheit verschluckt wurde.

Das ängstliche Mädchen hörte ihre Freundin auf einmal schreien und um Hilfe rufen. Schnell wie der Wind rannte es zum Dorf zurück und bat den großen Knecht auf dem Hof ihrer Eltern um Hilfe. Als sie an die Stelle zurückkamen, wo das andere Mädchen verschwunden war, brannte dort wieder dieses seltsame Licht.

Der große Knecht wurde plötzlich ganz still. Er starrte wie gebannt auf das flackernde Licht und sprach mit tonloser Stimme: »Das ist ein Totenlicht. Es will mir auch ans Leben.« Dann wandte er sich an das erschrockene Mädchen und sagte: »Aber ich kann deine Freundin nicht zurücklassen. Vielleicht kann ich sie noch retten. Geh' du nach Hause und bete für uns.«

Da ging der Knecht auf das Licht zu. Doch niemand hat ihn oder das Mädchen je wieder zu Gesicht bekommen.

Das andere Mädchen jedoch hatte aus Furcht seine Kammer nicht mehr verlassen. Einmal schaute es aus dem Fenster – und sah in der Ferne ein Licht flackern. Kurz darauf bekam es ein heftiges Fieber und ist nach drei Tagen verstorben.

Auch auf der Ems bei Weener und dem nahe gelegenen Tief spukten Totenlichter.

Am Südende wohnte früher ein alter Mann, der saß fast den ganzen Tag in seinem Lehnstuhl, um zu stricken oder Wolle zu spinnen. Wenn er spät abends zu Bett gehen wollte, schaute er immer noch einmal vor die Tür und dann sah er oft Lichter auf der Ems oder auf dem Tief. Er wusste, dass das oft etwas zu bedeuten hatte: der erste Mensch, der ihm am nächsten Morgen begegnete, musste dann sterben.

Als er wieder einmal ein Licht auf der Ems gesehen hatte, kam ihm am nächsten Morgen, als er Milch holen wollte, einer seiner Nachbarn entgegen. Er fuhr auf einem Schlitten und hatte darauf Kälber mitgenommen.

»Wo willst du denn hin?«, fragte der Alte.

»Über die Ems, nach Mark hin«, sagte der andere.

»Du solltest lieber bei Hilkenborg 'rübergehn«, riet ihm der Weber, doch der Bauer winkte ab. »Ach was. Vom Marker Weg ist es doch nur einen Schritt weit.«

So fuhr der Bauer weiter über das Eis. Der Weber war der letzte Mensch, der ihn lebend sah. Kurz darauf holten sie den Bauern mit seinem Schlitten und den Kälbern aus der Ems. Sie waren im Eis eingebrochen und alle elendig ertrunken.

Auch ich selbst kam eines Morgens an seinem Haus vorbei und traf ihn. Er hatte seine Milchkanne in der Hand und schien auf mich zu warten.

»Kennst du den Jungen, der dort gerade vorbeilief?«, fragte er.

Ich kannte ihn und hatte ihn kurz zuvor auch gesehen. »Ja«, sagte ich, »das ist der Sohn des Bahnmeisters. Er ist im Westerende bei einem Schmied in der Lehre.«

Der Alte blickte nachdenklich zum Weg. »Schade«, sagte er und ging dann ins Haus.

Am nächsten Tag erfuhr ich, dass sie den Jungen am Abend aus dem Tief gefischt hatten. Er war beim Baden ertrunken.

Mir kam das seltsame Verhalten des Webers in den Sinn. Also ging ich noch einmal zu ihm hin und fragte ihn, warum er morgens schon »Schade« gesagt hatte. Da erzählte mir der Alte von den Toten und den Totenlichtern, die er gesehen hatte.

Der Weber ist schon lang nicht mehr. Aber nun warne ich die Menschen und berichte ihnen, was sich hier zugetragen hat.

Mögen euch die Totenlichter auf ewig verborgen bleiben und niemals erscheinen!

Der Schatz von Marienchor

In dem Dorf Marienchor stand in alten Zeiten am Dukelweg ein kleines, altes Häuschen, vor dem ein Birnbaum stand. Darin lebten ein armer Arbeiter und seine Familie. Eines Winters kam eine Hungersnot über das Land und die Menschen mussten sehr leiden.

Das Weihnachtsfest rückte näher, doch in der kleinen Kate in Marienchor wollte keine Freude einkehren. Zu groß waren die Sorgen. Der Arbeiter und seine Frau konnten ihre Kinder nur mit Mühe ernähren. Nicht selten gingen sie selbst hungrig zu Bett, damit wenigstens die Kleinen etwas zu Essen hatten. Das Paar lag oft nachts wach und konnte vor Kummer nicht einschlafen. Jeden Morgen ging der arme Landarbeiter früh aus dem Haus, um nach einer Anstellung zu suchen. Doch weil die Zeiten schlecht waren, blieb seine Suche erfolglos.

Eines Nachts, nach Stunden des Grübelns, fiel der Mann schließlich in Schlaf und hatte einen seltsamen Traum. Vor seinem Bett sah er einen Mann, der zu ihm sprach: »Geh' morgen früh nach Emden auf die Rathausbrücke. Dort wirst du jemandem begegnen, der dir sagt, wie du ein reicher Mann werden kannst.«

Der Arbeiter schreckte auf und konnte nicht mehr einschlafen. Immer wieder musste er an die sonderbare Aufforderung denken. Obwohl es noch mitten in der Nacht war, weckte er seine Frau und sagte zu ihr: »Hole mir meine Kleider. Ich muss nach Emden gehen.«

Die Frau schüttelte ungläubig den Kopf. »Bist du nicht ganz bei Trost?« Da ihr Mann jedoch einen entschlossenen Eindruck machte, tat sie, was er von ihr verlangte.

Als der Arbeiter vor die Tür seines Hauses trat, war es bitterkalt. Der Mond schien hell am Himmel und tauchte die weiße Schneedecke, die auf dem Land lag, in ein magisches Licht. Der Arbeiter küsste seine Frau zum Abschied und begab sich auf den Weg durch den Hammrich. Er wanderte über Hatzum nach Ditzum. Dort stieg er auf die Fähre, die ihn über die Ems brachte. Nach einem letzten, langen Fußmarsch kam er schließlich in der Stadt Emden an. Völlig durchgefroren und erschöpft erreichte der Mann am Morgen die Rathausbrücke. Die Uhr im großen Rathaus schlug acht, als der Arbeiter aus Marienchor unruhig auf der Brücke hin und her lief, wo er Ausschau nach dem Unbekannten hielt, der ihm im Traum angekündigt worden war. Doch niemand war zu sehen. Bald fielen dicke Schneeflocken auf die Erde und der arme Mann zog seinen Mantel fester um sich, denn er fror nun sehr.

Um kurz vor zehn näherte sich eine Gestalt der Brücke. Es war ein fein gekleideter Herr mit einem dicken Buch unter dem Arm. Erwartungsfroh blickte der Arbeiter ihn an, doch der Mann ging einfach weiter und verschwand in dem großen Rathaus. Es war ein Amtmann, der dort arbeitete.

Die Stunden vergingen, bald war die Mittagszeit gekommen. Sie verstrich, ohne dass jemand auf den Arbeiter zuging. Um kurz nach zwei Uhr verließ der Amtmann das Rathaus und ging wieder über die Brücke. Verwundert schaute er den Arbeiter an, der dort nun schon seit Stunden frierend stand.

»Mein Herr, was machen Sie hier? Seit heute Morgen stehen Sie schon bei diesem schlimmen Wetter auf der Brücke. Warten Sie auf jemanden?«, fragte der Amtmann.

Der Arbeiter aus Marienchor kratzte sich verlegen am Kopf. Zunächst druckste er herum, doch dann sagte er: »Das ist so eine Sache, verehrter Herr. Ich habe heute Nacht einen Traum gehabt. Darin wurde mir gesagt, ich soll nach Emden auf die Rathausbrücke gehen. Hier soll ich jemanden treffen«

Der Amtmann schaute ihn ungläubig an – dann prustete er los: »Geträumt hat er! So, so!« Er hielt sich den Bauch vor Lachen. Dann klopfte er dem Arbeiter mitleidig auf die Schulter und sagte: »Mein lieber Mann, geht wieder nach Hause und gebt nichts auf Eure Träume. Ich habe heute Nacht nämlich auch etwas geträumt. Wenn ich aber so dumm wäre und das glauben würde, hätte ich heute noch ein gutes Stückchen Weg vor mir«.

Der Arbeiter stutzte. »Mit Verlaub, mein Herr. Wenn ich fragen darf: Was habt Ihr denn geträumt?«

Der Amtmann seufzte und sprach: »Nun gut. Im Traum wurde mir gesagt, ich soll nach Marienchor gehen. Dort, wo der Dukelweg den Dorfweg kreuzt, soll ich unter einem Birnbaum graben, der vor einem alten Arbeiterhäuschen steht. Dort würde ich dann einen großen Topf mit Geld, aber ich ...«

»Was?!« – das Herz des Arbeiters machte vor Freude einen Hüpfer. »Marienchor? Birnbaum? Arbeiterhäuschen? Ich weiß genug! Auf Wiedersehen und vielen Dank«, rief er dem verdutzten Amtmann zu und rannte aus der Stadt. Er konnte es kaum erwarten, nach Hause zu kommen. Als er nach Stunden endlich wieder Marienchor erreichte, war es bereits Abend geworden. Er platzte in die Stube der kleinen Kate und seine Frau ließ vor Schreck einen Topf fallen, als er keuchend und schweißgebadet vor ihr stand.

»Schnell! Hol einen Spaten«, rief er, »und eine Leuchte. Und dann komm mit!«

Die Frau glaubte, ihr Mann habe den Verstand verloren, doch sie tat, was er verlangte. Die beiden gingen hinaus und der Arbeiter begann, unter dem Birnbaum vor dem Haus zu graben. Der Boden war hart und gefroren und es dauerte, bis der Spaten in die Tiefe vordrang. Die Frau stand daneben und hielt die Leuchte in der Hand. Als die Kuhle fast drei Fuß tief war, stieß der Spaten mit einem dumpfen Geräusch auf etwas Hartes. Der Arbeiter kniete sich an den Rand des Loches und grub mit den Händen weiter.

Schließlich war da ein Gegenstand in der Erde, den der Mann aus der Grube holte und vorsichtig vom Kleisand befreite. Ein alter Topf aus Stein kam zum Vorschein. Und als der Arbeiter den Deckel des Gefäßes mit zitternden Händen abnahm, wollte das Paar seinen Augen nicht trauen: Der Topf war randvoll gefüllt mit Schmuck, Silber- und Goldmünzen. Sie funkelten hell im Schein der alten Lampe.

Das Paar weinte vor Glück. »Nun hat alle Not ein Ende«, freute sich der Arbeiter. Und das Weihnachtsfest wurde ein ganz besonderes für die Familie. Alle

Schulden wurden bezahlt, es wurde Brot und Speck gekauft und Torf zum Heizen.

Die Menschen im Dorf staunten nicht schlecht, als plötzlich ein neues Haus am Dukelweg gebaut wurde. Hier zog die Familie des Arbeiters ein. Und mit ihr auch Glück und Zufriedenheit.

Der alte Topf, der so viel Reichtum beschert hatte, fand auf einem Schrank in der Küche einen Ehrenplatz.

Ihr glaubt, die Geschichte sei damit zu Ende? Weit gefehlt!

Die Familie lebte glücklich und dankbar in ihrem neuen Heim in Marienchor. Die Kinder wuchsen heran und machten ihren Eltern viel Freude. Der Arbeiter, der nun selbst ein wohlhabender Bauer war, hatte seine Armut nie vergessen und ließ andere an seinem Glück teilhaben.

Eines Sonntagmorgens im November brach der Pastor aus dem Nachbarort auf, um seine Schäfchen zu besuchen. Er fuhr mit einer Kutsche, doch weil es stark regnete und stürmte, hatte er Mühe, das Gefährt auf den schlammigen Wegen in der Spur zu halten. Als er an dem Haus des Arbeiters und seiner Familie vorbeikam, geschah das Unglück: Die Speichen eines Rades brachen und die Kutsche blieb liegen. Sofort eilte der Arbeiter dem Geistlichen zur Hilfe. Der Pastor war unversehrt, doch das Rad seines Gefährts musste repariert werden. Also wurde der Sohn zum Stellmacher geschickt, der sich darum kümmern sollte.

Um die Wartezeit zu überbrücken, bat man den Pastor ins Haus. Gemeinsamen saßen alle am großen Tisch in der Küche, tranken Tee und plauderten. Als der Pastor seinen Blick durch das Zimmer schweifen ließ, entdeckte er auf einem Schrank den alten Topf, der der Familie so viel Glück beschert hatte.

»Hat es mit dem Gefäß dort eine besondere Bewandtnis auf sich?«, fragte er, stand auf und besah sich den Topf aus der Nähe. Der Hausherr zögerte zunächst. Er und seine Frau hatten geschworen, niemandem den Grund ihres Wohlstandes zu verraten. Dann sagte er: »Das ist ein altes Erbstück«.

Der Pastor nickte anerkennend und drehte das Gefäß vorsichtig in seinen Händen. Plötzlich hielt er inne. »Da ist ja eine Inschrift«, sagte er und deutete auf den Rand. Der Bauer nickte. »Ja, aber kein Mensch kann es lesen. Auch unser Sohn nicht, obwohl er nun schon ein Jahr zur Schule geht«, meinte er achselzuckend.

»Ich kann es lesen. Das ist Latein!«, rief der Pastor entzückt. Er kniff die Augen zusammen. »Da steht: Grabt tiefer«, sagte er. Dann stellte er den Topf wieder auf den Schrank. »Keine Ahnung, was das bedeuten soll«, meinte er gleichgültig. Hätte er sich umgedreht, hätte er wahrscheinlich das frohe Glänzen in den Augen der Eheleute gesehen. Die beiden wussten sehr wohl, was das bedeuten konnte. Doch sie erzählten nichts.

Endlich kam der Stellmacher und machte sich ans Werk. Der Schaden war nicht so groß wie befürchtet und das Rad der Kutsche schnell repariert. Der alte Pastor bedankte sich für die Hilfe und Gastfreundschaft und verabschiedete sich fröhlich winkend.

Der Bauer und seine Frau konnten seine Abfahrt kaum abwarten. Gespannt warteten sie bis zum Einbruch der Dunkelheit, um neugierigen Nachbarblicken zu entgehen. Dann gingen sie in den Garten und begannen, wieder unter dem Birnbaum zu graben, an der Stelle, wo sie den Topf gefunden hatten. Und tatsächlich: Nach einer Weile kam ein zweites Gefäß zum Vorschein, das ebenfalls mit Geld und Gold randvoll gefüllt war.

Nun hatte die Familie für immer ausgesorgt. Der Bauer ließ sich einen großen Polderhof bauen und hatte nun viel Vieh und Land. Und jedem im Dorf, der fragte, woher der Reichtum kam, sagte er: »Glaubt an Eure Träume und Ihr werdet belohnt!«

Im Bann des Teufels

Der Freimaurer von Oudeschans

Die Freimaurerei ist an allen Orten geheimnisumwoben. So auch in Groningen und im Rheiderland, wo man die Mitglieder der Logen »Massons« nannte. Diese Bezeichnung geht auf »Freemasons«, also Steinmetze zurück, in deren Zünften die Freimaurerei im Mittelalter ihren Ursprung hat. Die Rheiderländer Freimaurer waren zwar in der Regel rechtschaffende und auch angesehene Männer. Doch darf man nicht vergessen, dass sie mit der Aufnahme in den Orden ihre Seele dem Teufel verkauft haben. Der Teufel gibt ihnen einen »Wechseldaalder«; das ist eine Münze, die immer wieder auf unerklärliche Weise in das Portmonee ihres Besitzers zurückgeht oder nach dem Ausgeben am nächsten Morgen in der Aschenschublade liegt.

Wer einmal Freimaurer geworden ist, der musste dies sein Leben lang bleiben. Diese Erfahrung machte auch ein reicher Bauer, der mit seiner Frau im einsam gelegenen Hamdijk bei Oudeschans wohnte. Wenn er abends zu den Logen nach Groningen oder Winschoten aufbrechen wollte, fragte ihn seine neugierige und misstrauische Frau immer wieder, wohin er denn ginge. Als ihm keine Ausreden mehr einfielen, gab er zu, dass er sich den Freimaurern angeschlossen hatte. Seine fromme Frau erschrak sehr, denn sie wusste, dass die Freimaurer einen Pakt mit dem Teufel geschlossen hatten.

»Du musst dich von den Freimaurern lossagen!«, redete sie besorgt auf ihn ein.

Der Bauer verhielt sich ausweichend. Doch seine Frau ließ nicht locker. So gab er schließlich nach und versprach ihr, aus dem Bund der Freimaurer auszutreten. Allein, er tat es nicht, weil er um sein Leben fürchtete. Er wusste genau, dass es unmöglich war, vom Teufel wieder loszukommen.

Doch seine fromme Frau hatte keine Angst vor dem Teufel. Sie zog sich ihr Sonntagskleid an und fuhr mit der Kutsche nach Groningen zur Freimaurerloge. Dort wollte man sie freilich nicht einlassen, aber sie blieb hartnäckig, bis man sie schließlich in ein Büro führte.

»Ich fordere, dass ihr meinen Mann freigebt!«, verlangte sie.

»Das ist gar kein Problem«, antwortete ihr überraschend wohlgesonnen ein elegant gekleideter Herr. Sie hatte mit einer langen Diskussion und Verhandlung gerechnet.

Der Herr setze sich an einen großen Schreibtisch und notierte auf einem edlen Papier, dass ihr Mann frei sei, und steckte das Blatt in einen Umschlag. Er überreichte ihr den Umschlag zusammen mit einem Messer.

»Damit der Austritt Ihres Mannes wirksam wird, müssen Sie den Brief an jeder Ecke durchstechen«, sagte er mit einem Lächeln. Die Bäuerin griff sofort nach dem Messer und stach zu. Voller Freude, ihren Mann von dem Teufel befreit und gerettet zu haben, fuhr sie wieder zum Hamdijk. Doch als sie die Tür zum Schlafzimmer öffnete, fand sie dort ihren Mann tot im Bett liegend. Vier Stiche mit einem scharfen Messer hatten sein Leben ausgelöscht.

Die Düvelsbanner

Immer, wenn unheimliche Mächte am Werk waren, wenn Menschen aus unerklärlichen Gründen schwer krank wurden, wenn keine Medizin und kein Gebet mehr halfen, dann gab es für viele nur noch eine Hoffnung: die Düvelsbanner. Sie kannten alte Methoden, um das Böse zu bannen und Besessene zu heilen. Auch im Rheiderland versah man in sich in frühen Zeiten ihrer Dienste, obwohl es eine verbotene Kunst war.

So gab es im Jahr 1580 in Jemgum einen Pastor namens Onno Hermannus. Er war geschätzt im Ort, wo er mit seiner Frau lebte. Doch eines Tages erkrankte die Gattin schwer. Kein Arzt konnte ihr helfen und ihr Leiden wurde von Tag zu Tag schlimmer. Pastor Hermannus war bald überzeugt: Seine Frau war verhext worden. Als er merkte, dass auch sein tiefer Glaube ihr keine Heilung verschaffte, entschloss er sich zu einem folgenschweren Schritt.

Es war an einem Sonntag und die ganze Gemeinde wartete in der Kirche von Jemgum auf seine Predigt. Doch Hermannus kam nicht. Er war früh aufgebrochen, um ins Dorf Wedde im Nachbarland zu gelangen. Dort, so hatte er gehört, saß ein Teufelsbanner im Gefängnis. Der Mann, so hieß es, war ein Mann wegen seiner Zauberkünste eingesperrt worden. Der Pastor bat den Drosten, den Gefangenen freizulassen, damit er seiner kranken Frau helfen könne. Der Amtmann fragte, wer er denn sei und woher er käme. Als er erfuhr, dass ein Pastor aus Jemgum ihn aufgesucht hatte, war er sehr erstaunt. Was war das für ein Gottesmann, der am heiligen Sonntag seine Gemeinde im Stich ließ? Und warum hatte er so wenig Vertrauen in die Heilkraft des himmlischen Vaters?

Er wies die Bitte des Pastors zurück. Der Gefangene sei ein Gauner und Betrüger, sagte er und riet Hermannus eindringlich, sein gottloses Gesuch aufzugeben. Doch der Geistliche flehte verzweifelt, der Drost möge ihm helfen und zu dem Teufelsbanner vorlassen. Schließlich gab der Amtmann nach und öffnete das Gefängnis für den Besucher. Der Pastor sprach mit dem Gefangenen und bat ihn um Hilfe. Er erhielt daraufhin einen Trunk von ihm, den er seiner Frau geben sollte. Sobald er wieder in Jemgum war, flößte Hermannus seiner Gattin das Mittel ein, und sie erholte sich tatsächlich von ihrem Leiden.

Der Pastor war erleichtert, doch die Freude währte nicht lange: Denn mittlerweile hatte sich in Jemgum herumgesprochen, dass der Gottesmann einen Teufelsbanner aufgesucht und darum den Gottesdienst nicht abgehalten hatte. Rudolphus Artopaeus, der als Kaplan in Jemgum wirkte, berichtete dem reformierten Koetus von dem Vorfall. Diese Vereinigung der Pastoren beriet in Emden über die Sache und setzte Hermannus ab. Man war sich einig: Er hatte sich seines Amtes als nicht würdig erwiesen.

Doch der Geistliche wehrte sich gegen das Urteil. Er habe doch nur aus Liebe gehandelt, weil er seine Frau nicht verlieren wollte, beteuerte er. Der Coetus beriet immer wieder über den Fall, blieb in seinem Urteil aber hart.

Doch dann kam ein Hofprediger namens Ligarius in die Zusammenkunft. Graf Edzard II. persönlich hatte ihn nach Emden entsandt, um vorzusprechen. Die Pastoren wollten ihr Urteil jedoch nicht zurücknehmen. Da verfügte Ligarius, Hermannus wieder einzusetzen, und er verblieb bis zu seinem Tode Pastor in Jemgum.

Auch in Beschotenweg erzählt man sich von einem Düvelsbanner, der dort seinem schwarzen Handwerk nachging.

Auf dem Hof der Familie Stirler war zu Zeiten das Böse eingekehrt: Immer wieder starb Vieh in den Ställen, selbst kerngesunde Tiere wurden plötzlich am Morgen tot aufgefunden. Der Hofherr wusste sich nicht zu helfen und fragte seinen Vater um Rat. Der schlug ihm vor, den Düvelsbanner zu holen. Der junge Stirler blickte finster. Schon oft hatte er von diesem sonderbaren Teufelsaustreiber gehört. Jeder im Dorf kannte den Düvelsbanner, der in einer kleinen Hütte am Rande von Beschotenweg lebte. Vor vielen Jahren hatte er sich dort niedergelassen. Woher er jedoch kam, das wusste niemand. Obwohl er viele Menschen und Orte bereits von bösen Flüchen befreit haben soll, galt er im Dorf nach wie vor als Sonderling. Stirler rang lange mit sich selbst. Doch dann ließ er nach dem Düvelsbanner schicken.

Der Tag verging, doch der seltsame Mann war nicht gekommen. Stattdessen zog ein Unwetter herauf, es goss in Strömen und ein Sturm heulte um den Hof. Es schien, als würden finstere Mächte sich vereinen, um den Düvelsbanner fernzuhalten.

Die Familie Stirler saß am großen Küchentisch und aß schweigend das Abendbrot. Da pochte es plötzlich an der Tür, wie hallende Donnerschläge. Die Kinder und Erwachsenen erstarrten und schauten sich angstvoll an. Doch der älteste Sohn fasste sich ein Herz und ging zur Tür. »Well is dor?«, rief er.

Von der anderen Seite antwortete eine finstere Stimme: »Ik kom, um de Düvel to bannen!«

Der Sohn öffnete und draußen stand eine hochgewachsene Gestalt, triefendnass und schwarzgekleidet. Im Schein der Blitze konnte man sehen, dass der Unbekannte einen großen Schlapphut trug, den er tief ins Gesicht gezogen hatte. Sein Mantelkragen war nach oben geschlagen, so dass niemand das Antlitz des Fremden erkennen konnte. In seinen riesigen Händen trug er eine zerknautschte Tasche aus Leder.

Der Hofherr erhob sich vom Tisch und ging zur Tür. Er nahm sich seinen Mantel und trat hinaus in den Regen. Bevor er ging, sagte er zu seinem Sohn: »Schließ die Tür ganz fest zu.« Der Junge tat, wie ihm befohlen.

Schweigend schauten alle durchs Fenster und sahen, wie der Vater mit dem Fremden über den Hofplatz zum Stall ging. Sie waren nicht sicher, ob sie den Bauern noch lebend wiedersehen würden.

Als Stirler mit dem Düvelsbanner den Stall betrat und das Tor hinter sich zuzog, war es plötzlich unheimlich still. Das Brausen des Sturmes drang nur ganz gedämpft ins Innere.

Die Tiere hoben die Köpfe, als die beiden Männer an ihnen vorbeischritten.

Der Düvelsbanner ging zu den Kühen, Schweinen und Pferden, strich jedem Tier übers Haupt und zupfte ein Haar oder eine Borste aus dem Fell. Dann ging er in die Ecke des Stalles, wo ein Ständer aus Eichenholz stand. Er stellte seine Ledertasche ab, öffnete sie und holte einen Handbohrer hervor. Damit bohrte er ein Loch in den Ständer. Als der Düvelsbanner fertig war, steckte er die Tierhaare durch die Öffnung, so dass nur noch die Spitzen herausschauten. Dabei murmelte einige seltsame Formeln und zwar in einer Sprache, die der alte Stirler noch nie zuvor gehört hatte.

Der Düvelsbanner griff daraufhin wieder in seine Tasche. Diesmal entnahm er ihr einen Holzpflock und einen schweren Hammer. Er steckte den Pflock in die Öffnung und seine seltsamen Beschwörungen wurden dabei lauter und lauter wie ein finsteres Grollen. Stirler sah voller Grausen, wie sich im Stall plötzlich ein schwarzer Nebel bildete. Er schien aus dem Boden aufzusteigen und stank erbärmlich.

Der Düvelsbanner hob den Hammer. Dann stieß er einen wilden Schrei aus und trieb den Pflock tief in das Loch. Daraufhin erklang ein markerschütterndes Gebrüll. Es kam aus dem schwarzen Nebel. Doch niemand war zu sehen.

Ein lauter Knall ertönte und das Tor der Scheune sprang auf. Sprachlos starrte Stirler nach draußen. Das Unwetter tobte wie am jüngsten Tag, Sturm und der Regen fegten durch den Stall und rissen den schwarzen Nebel mit sich. Begleitet von einem lauten Donnern verzog sich der dunkle Dunst aus der Scheune und eine unheimliche Stille kehrte ein.

Stirler konnte nicht fassen, was er gerade erlebt hatte. Doch der Düvelsbanner nickte ihm zu und verschwand ohne ein Wort und ohne einen Lohn für seine Dienste in der Dunkelheit.

Der Fluch war seit dieser Nacht von dem Stirler'schen Hof gewichen. Der seltsame Geisterbanner mit den Haaren und Borsten der Tiere stand noch viele Jahre im Garten des Hofes.

Ein Kreuzbube für eine Flasche Genever

Eines Abends saßen vier Knechte in einem Hof in Oostwold an einem Tisch, um Klaverjassen zu spielen. Bis Mitternacht flogen die Karten auf den Tisch. Im Kamin brannte ein wärmendes Feuer und die Männer fühlten sich wohl. Die Karten hatten sie gerade beiseitegelegt, als einer sagte:

»Jetzt brauchen wir noch einen guten Schnaps zu unserem Glück.«

»Wer soll ihn holen?«, fragte ein anderer Knecht.

»Niemand muss aufstehen. Ich weiß, wie wir zu einem guten Schnaps kommen«, sprach der älteste Knecht. Er mischte die Karten und warf einfach eine in das offene Kaminfeuer. Die Karte stieg in den Flammen auf, schwebte den Schornstein hinauf, verschwand und war fort.

»Erster Versuch missglückt. Eine zweite Karte muss hinterher!«, sagte der Knecht, mischte wieder die Karten, warf eine ins Feuer, doch auch diese Karte verschwand und ward nicht mehr gesehen.

»Letzter Versuch. Nun will ich es mit dem Kreuzbuben probieren. Das hat bisher immer geklappt«, meinte er. Und so mischte er die Karten zum dritten Mal. Andächtig wie in der Kirche schauten die anderen Männer zu. Der älteste Knecht zog den Kreuzbuben aus dem Kartenstapel heraus und warf ihn ins Feuer. Sofort flog er durch den Schornstein.

Wenige Augenblicke später klopfte es an der Tür. Keiner wagte aufzustehen, doch dann öffnete der Kartenwerfer die Tür einen winzigen Spalt. Stracks hatte er eine Flasche Genever in der Hand, an der unten drei Karten hingen.

Den Knechten war nun klar: Das muss der Teufel gewesen sein, denn das waren zweifellos Teufelskünste.

Der Genever schmeckte zwar gut, aber den Knechten war trotzdem mulmig zumute.

Besondere Gaben

Der Prophet Jarfke van der Muyden

Jarfke van der Muyden war ein einfacher Fischer. Doch er hatte eine besondere Gabe. Man erzählte sich, er hatte das »zweite Gesicht«. Er sah Dinge, die es nicht gab, die aber doch irgendwann geschehen sollten. Diese Gabe überkam Jarfke ganz plötzlich und kündigte sich vorher nicht an. Er sprach dann von Kriegen, Seuchen, Naturgewalten und anderen dunklen Prophezeiungen. Oft wurde er von seinen Mitmenschen belächelt. Es hieß, er sei nicht bei Sinnen. Doch seine Visionen erfüllten sich stets. Und viele mussten ihren Unglauben teuer bezahlen.

Jarfke lebte in einem Dorf, das längst versunken ist. Viele Legenden und Geschichten ranken sich um den Seher aus dem Rheiderland. Hört nun einige davon.

Eines Tages fuhr Jarfke mit einem Schiff von Winschoten nach Blijham. Die Fahrt ging über ein Meer, das in den Dollart und die Ems abfloss. Als er sein Ziel erreicht hatte, traf Jarfke einen Bauern, den man Heere nannte. Dieser war auf einem Feld mit seinem Gesinde bei der Heuernte.

Und Jarfke sprach: »Ich bin sehr müde und erschöpft. Denn ich bin durch viele Heuschober hergekommen«.

Heere und seine Leute schauten sich verwundert an. Wie sollte das möglich sein, fragten sie sich. Jarfke war doch mit dem Schiff unterwegs gewesen.

»Was erzählst du uns, Jarfke? Du bist über das tiefe Meer gefahren! Hast du getrunken?«, spottete der Bauer.

Doch Jarfke sprach ruhig: »Das Meer wird zu Land werden und es wird Gras im Überfluss wachsen.«

Heere und sein Gesinde lachten. »Wir glauben eher, dass der Himmel einstürzt! Du willst uns weismachen, dass das Meer, auf dem Hulken und Karavellschiffe kreuzen, zu Land wird? Du bist von Sinnen!«, lachte der Bauer.

In den Deichen gab es sieben Schleusen, durch die das Wasser in die Ems strömte. Das, was Jarfke behauptete, war schlichtweg unmöglich. Und doch sollte er recht behalten.

Wasser wird zu Land

Als Jarfke einmal mit dem Schiff von Blijham nach Winschoten kam, wusste er wieder Wundersames zu berichten: Er habe zwei Haufen Grasmäher mit ihren Sensen lagern gesehen. Dort, wo eigentlich Wasser ist. Die Leute schüttelten die Köpfe, denn es war unmöglich, dass das Wasser zu Land wurde.

Doch Jarfke sprach: »Wundert Euch nicht! Starker Wind und Wasser werden die Schleusen einreißen. Dann soll alles Land werden.« Und er sprach weiter: »Wenn die Rüben blühen um Mitfasten, wird

Westerwold stehen in großen Lasten. Wenn die Rüben um Mittfasten stehen rot, dann wird Westwoldingerland stehen in großer Not«.

Jarfke prophezeite den Menschen, dass Kriegsknechte zum Oldambt und nach Westwoldingerland kommen sollten. Die Menschen dort würden Hab, Gut und ihre Macht verlieren, sagte er. Der Turm zu Vlagtwedde werde niedergerissen. Und nur unter Mühen würden die Herrscher ihre Privilegien wieder zurückerlangen. Doch sie sollten immer wieder darum bangen müssen. All das sprach Jarfke. Und es sollte sich erfüllen.

Jarfke trifft Ezyka

Eines Tages machte sich Jarfke von Parmer nach Termunten auf. Von dort ging er weiter nach Oosterreide, wo viele seiner Freunde wohnten. Unterwegs traf er einen Mann, der Ezyka hieß, und er sagte: »Wie tief gehst du im Wasser? Es steht dir ja bis zum Hals!«

»Ich sehe, du bist betrunken«, antwortete Ezyka. »Und ich merke, ich bin nicht der erste, den du zum Narren hältst.«

Doch Jarfke sprach ernst. »Es wird so kommen, dass alles Land zu Wasser wird.« Aber Ezyka lachte, das sei unmöglich. Der Seher fuhr fort: »Wenn der Pfaff über die See kommt, wird er Wunder zu sagen wissen. Die Deiche werden zerstört und das Wasser wird sehr großen Schaden anrichten. Die Leute werden sehr arm werden. Es wird von Jahr zu Jahr schlimmer werden, bis alles zerstört ist.«

Später fuhr Jarfke mit einem Schiff die Ems hinab und kam wieder nach Termunten. Am Siel traf er wieder auf Ezyka, der sogleich lauernd fragte: »Willst du mich wieder zum Narren halten?«

Aber der Seher sagte mit ernster Miene: »Die Siele dort werden ausgegraben und die Ems wird zu Land werden. Darauf wird ein weißes Schaf mit zwei schwarzen Lämmern weiden.« Das Volk fragte ihn, ob das alles wirklich eintreffen werde. »Gottes Hand steht über allem«, sprach Jarfke. »Und sie herrscht im Himmel wie auf Erden. Es wäre sehr schade, wenn alles so käme. Denn hier segeln Hulken und Karavellen und Termunten ist ein lebendiger Flecken. Aber es soll das schlimmste Krähennest im ganzen Oldambt werden.«

Das Volk aber schimpfte, ob er den Verstand verloren habe? Der Prophet sagte: »Fremde werden das kleine Oldambt vernichten, weil der eine nicht auf den anderen hören wird. Daraus entsteht Zwietracht und die Fremden werden die Deiche zerstören. Doch wenn die Zeit gekommen ist, werden sie sie wieder errichten und aufeinander hören. Man wird Jansumer Blinke verlieren und er wird zum Dollart werden.«

Ezyka fragte, wann die Deiche wieder errichtet werden und wie lange das Land dem Meer offenstehe?

»Sieben Jahre soll es offenstehen und das Wasser wird großen Schaden anrichten«, verkündete Jarfke.

Die Prophezeiung von der großen Flut

Schon lange vor der großen Sturmflut am 13. Januar 1277 hatte Jarfke dieses Unheil am Dollart prophezeit.

Die Parteien hatten es versäumt, ihrer Pflicht nachzukommen und die Deiche zu erhalten. Und die im Landesinneren wollten gar nicht deichen. Und so kam es, dass der Dollart gegenüber Jansemeergat hereinbrach und Kirchen, Klöster, Türme und Kapellen verschlang. 31 Kirchspiele fanden damals den Untergang. Und dies sind ihre Namen: Stokdorp, Damdorp, Horum, Emswee, Aykeweer, Saxumwolde, Unneham, Goldhorum, Uterbeerte, Astok, Ummermeer, Dunnelde, Hommigegast, Lapperbeerte, Latynhuis, Jarfkenhuis, Okkeweer, Windelham, Reyderwolde (zwei Kirchen und ein Kloster), Wylgum, Parmer (Palmar) mit einem Kloster, Witte wyrum Orden (das war Wittewyrum), Uterpanninge, Redar, Frutum, Torum, Ennigigeham, Corpor, Oosterwinterwol, Mengenham, Oosterblyham, Maathuizen, Medum.

Jarfkes Ende

Als Jarfke auf dem Sterbebett lag, besuchten ihn Freunde und Nachbarn, um Abschied zu nehmen. Der Prophet bat sie nachzuschauen, was auf dem Dach seines Hauses zu sehen sei. Denn der Heilige Geist habe ihm verkündet, dass sich dort zwei weiße Tauben oder zwei schwarze Raben niederlassen würden. Also gingen zwei Besucher nach draußen und sahen, dass zwei weiße Tauben auf dem Dach hin und her liefen. Darüber war Jarfke sehr erschüttert: »Nun wird alles wahr werden, was ich prophezeit habe. Wären es zwei Raben gewesen, würde es sich nicht erfüllen. Jetzt wird es so schlimm zugehen, dass kein Mensch es glauben kann, bevor es geschehen ist.«

Dies sprach Jarfke zu Wypkes Urgroßvater in Zuidbroek, der alles niederschrieb. Danach schloss der Prophet für immer die Augen.

Ein jeder, der seine Worte liest, mag sehen, ob sie wahr werden.

Der Jarfke-Baum

Viele Jahre erinnerte noch ein Jarfke-Baum bei Beerta an das Wirken und die Worte des Mannes.

Der Prophet selbst hatte ihn nach sich benannt und Folgendes geweissagt: Wenn dieser Baum gefällt wird und man Asche unter ihm findet, so wird auch ganz Oldambt bald in Asche liegen.

Viele Jahre später wurde der Baum gefällt. Und man erinnerte sich an die Worte des Sehers. Tatsächlich wurde Asche unter dem Stumpf gefunden. Ein Schuhmacher hatte den Baum, der klein und krumm war, umgehauen. Jarfke hatte vorhergesagt, dass zwei Tage danach Kriegsknechte ins Oldambt kommen sollten. Und tatsächlich zog bald der Graf Edzard mit seinen Heerscharen ins Land.

Die Kartenkunst der Wikke-Anne

In Weener lebte einmal eine Frau, die die Kunst des Kartenlegens beherrschte. Sie wurde Wikke-Anne genannt, und viele Menschen nahmen ihre Dienste in Anspruch, um etwas über ihr Liebesschicksal zu erfahren. Ihre Kunst war hochgepriesen. Sie soll so manche Herzen zusammengeführt haben oder auch geholfen haben, ein Herzeleid zu verhindern.

Doch was keiner wusste: Wikke-Anne verstand so viel vom Kartenlegen wie ein Hund vom Eierlegen. Da sie aber die meisten Verhältnisse der Familien in Weener kannte und ihre oft simpel gestrickten Kunden sehr geschickt auszufragen wusste, gelang es ihr, die Ratsuchenden immer wieder mit ihren Deutungen und Kartensprüchen zu verblüffen.

Einmal kam ein junges Mädchen zur Wikke-Anne, weil ihr Liebster untreu geworden war. Nachdem die Karten befragt worden waren, bekam das Mädchen folgenden Rat: Sie solle von ihrem Schatz eine Haarlocke nehmen und diese in einem Beutelchen auf ihrer bloßen Brust tragen. Schon bald sollte der Liebste dann zu ihr zurückkehren. Doch das Mädchen wusste nicht, wie sie an die Locke gelangen sollte. Also bot Wikke-Anne an, das Haar zu besorgen – gegen eine Extra-Vergütung. Das Mädchen willigte ein und erhielt bald die begehrte Locke. Die fünfzehn Silbergroschen zahlte sie gerne dafür, denn schließlich ging es ja um ihr Liebesglück.

Doch vielleicht hatte sie immer noch zu wenig gezahlt, denn der Zauber wollte nicht wirken. Der Liebste kehrte nicht zurück. Da wurde das Mädchen elend krank. Erneut besuchte sie die Wikke-Anne und klagte ihr Leid. Die legte erneut die Karten und hatte sogleich des Rätsels Lösung parat: Der Liebste sei selbst sehr krank und durch die Locke habe sich die Krankheit auf das Mädchen übertragen. Sie empfahl, die Haare zu verbrennen, um das Leid zu beenden. Das Mädchen war erleichtert. Nicht nur über die Lösung des Problems, sondern auch um weitere Silbergroschen ... Doch bevor sie zur Tat schreiten konnte, plagten sie schwere Gewissensbisse. So verbrannte sie die Locke nicht, sondern bewahrte sie in ihrem Gesangbuch auf.

Offenbar war dies, ohne es zu ahnen, ein weiser Entschluss. Beim nächsten Gallimarkt traf das Mädchen den Verflossenen wieder. Die Liebe entbrannte erneut zwischen den beiden und bald sollte geheiratet werden.

Als sich das hoffnungsvolle Paar für den Gang zum Altar bereit machte, entdeckte der Bräutigam im Gesangbuch seiner Holden die Locke. Er wurde rasend vor Eifersucht und verlangte zu erfahren, von wem das Haar stamme. Das Mädchen versicherte ihm: »Von dir, mein Liebster!«

Und sie erzählte ihm, wie sie Rat bei Wikke-Anne gesucht hatte und diese ihr die Locke besorgt hatte. Doch der Mann konnte sich nicht erinnern, jemals eine Locke verloren zu haben und tatsächlich war das Haar im Gesangsbuch nicht ganz von derselben Farbe wie seines.

Nun wurde das Mädchen sehr wütend: »Dann hat mich das alte Weib betrogen. Für die Haare habe ich einen halben Reichstaler gezahlt!« Ihr Liebster aber lachte und riet ihr, sich nie wieder die Karten von Wikke-Anne legen zu lassen. So wurde doch noch geheiratet.

Nicht immer gingen die Kartenkünste der Wikke-Anne so harmlos aus wie in dem eben geschilderten Fall. Einmal geriet ein Bauer in große Not und war bis über beide Ohren verschuldet. In seiner Verzweiflung entschloss er sich zu einem verhängnisvollen Schritt: Er wollte seinen Hof in Brand stecken, um sich aus seiner Lage zu befreien. Vorher aber wollte er von Wikke-Anne wissen, ob dieser Betrug nicht ans Licht kommen werde. Die Alte legte die Karten und verkündete dem Bauern, dass niemand etwas davon erfahren werde, wenn er und seine Frau nur vorsichtig seien und das Geheimnis nicht ausplauderten.

Jedoch: Es kam alles anders. Nachdem der Hof eines Nachts bis auf die Grundmauern niederbrannte, gerieten der Hofherr und seine Frau bald in Verdacht und wurden verhaftet. Vor Gericht gestanden sie die Tat und behaupteten, Wikke-Anne hätte sie dazu ermutigt. Nun wurde auch die Kartenlegerin verhaftet. Bei den anschließenden Untersuchungen und Verhören stellte sich heraus, dass sie noch mehr krumme Dinger und Vergehen zu verantworten hatte. Auch sie wurde vom Gericht zu einer langen Gefängnisstrafe verurteilt. Den Kerker sollte sie nicht wieder lebend verlassen, denn sie starb in der Haft.

Ob das auch in ihren Karten stand, das wird das Geheimnis von Wikke-Anne bleiben.

Die weiße Leber

Auch wenn tatsächlich eine Leber ihre Farbe ändern kann: Die Medizin kennt sie nicht, in im Volksglauben ist sie jedoch zu finden: die weiße Leber. In der Leber verortete man früher nicht nur Seele und Lebenskraft, sondern auch Liebe, sexuelle Leidenschaft und Zorn. »Ist die Leber noch frisch?« fragt nach dem Befinden. »Da ist mir eine Laus über die Leber gelaufen« steht für Zorn.

Zu einer norddeutschen Bauernhochzeit gehörte noch im 19. Jahrhundert das Aufsagen zahlreicher Leberreime, die Anspielungen auf Liebesleben und Fruchtbarkeit des Brautpaares und den Zusammenhang von Liebeskraft und Liebesfeuer enthielten.

Im plattdeutschen und niederländischen Sprachraum wird den Männern eine weiße Leber zugeschrieben, deren Zeugungskraft über die Maßen groß sein soll, so dass während der Ehe die Frau schneller abzehrt, dahinsiecht und bald darauf stirbt. Stirbt einem Mann mehrmals wenige Jahre nach der Verheiratung seine Frau, so glaubt man, dies liege an seiner weißen Leber. Gleiches gilt für Frauen, denen mehrere Männer starben; auch ihnen wird eine weiße Leber nachgesagt.

Dergleichen geschah im beschaulichen und reichen Bellingwolde, wo eine junge Bäuerin mit ihrem Mann an einem sonnigen Nachmittag das Dorf verließ, um ins Moor zu gehen. Glücklich spazierten sie den Weg an den prächtigen Höfen entlang und über die Felder. Im Moor trennten sich ihre Wege. Der Mann wollte zwischen den Birken Fasane und Rebhühner jagen, sie suchte für ihren Hof eine Magd unter den Bewohnerinnen des Moores. Vergebens. Sie konnte an diesem Tag kein Mädchen finden, das für sie arbeiten wollte.

Die Zeit verstrich und die Dämmerung brach herein. Ihr Mann erschien nicht am verabredeten Treffpunkt, doch die Bäuerin wollte nicht warten. Das Moor war in der Dunkelheit kein geeigneter Platz für eine Frau. Sie ging allein nach Hause, melkte die Kühe, fütterte die Schweine und wartete in der Küche vor dem heißen Herd auf ihren Mann. Wo blieb er nur, fragte sie sich.

Es wurde dunkel. Ihr Mann war immer noch nicht da. In Bellingwolde kehrte die Ruhe der Nacht ein, die Unruhe der Frau aber stieg. Sie alarmierte ihre Nachbarn. Gemeinsam machte man sich bei Fackelschein auf die Suche nach dem Bauern und ging immer tiefer ins Moor. Gegen Mitternacht fand man zuerst sein Gewehr und dann seine Leiche am Rand einer Lache. Ernst und voller Trauer sah die Frau auf ihren toten Mann. Doch die Bewohner von Bellingwolde gaben ihr die Schuld an seinem Tod.

Die Witwe, gebunden an Hof und Herkunft, lebte weiter im schönen und beschaulichen Bellingwolde, melkte die Kühe, fütterte die Schweine und organisierte die Getreideernte. Es vergingen einige Jahre, da heiratete sie einen Kaufmann aus Winschoten. Sie hatten eine gute Zeit zusammen. Sie konnten sich sogar einen Sonntag freinehmen und auf einem Kolk zum Angeln hinausrudern. Niemand sah, was dort geschah. Das Boot kenterte aus unbekannten Gründen, vielleicht ruderten sie gegen eine Untiefe oder einen großen Wels. Die Frau konnte sich ans Ufer retten, aber der Kaufmann, der nicht schwimmen konnte, ertrank. Ernst und voller Trauer sah die Frau auf ihren toten Mann.

Die Bewohner von Bellingwolde gaben wieder der Frau die Schuld am Tod ihres Mannes. Sie sagten ihr nach, sie habe mit Absicht das Boot kentern lassen, weil sie ihn loswerden wollte. Doch niemand konnte ihr diese Tat nachweisen.

Die Witwe, gebunden an Hof und Herkunft, lebte weiter in Bellingwolde, melkte die Kühe, fütterte die Schweine und organisierte die Getreideernte. Dann heiratete sie einen Kornhändler aus Groningen und so vergrößerte sie ihren Reichtum im Getreideparadies. Doch schon nach kurzer Zeit lag der Getreidehändler tot im Bett. Ernst und voller Trauer sah die Frau auf ihren toten Mann. Die Bellingwolder aber waren sich sicher, diesmal die Schuld der Frau am Tod des Mannes beweisen zu können. Sie habe ihren Mann vergiftet, behaupteten sie. Die Gerichtsdiener betraten bereits die Diele in ihrem Hof, um sie festzunehmen. Doch da wurde im Sekretär des Kornhändlers ein Abschiedsbrief gefunden, den er vor seinem Tod verfasst hatte. Er gestand, dass er all sein Geld und auch das ganze Geld seiner Frau verspekuliert und verspielt hatte. Er habe keinen Ausweg mehr gesehen, als das Gift zu nehmen.

Die Gerichtsdiener wollten, dass die Geschichte von dem Selbstmord von der Kanzel verkündet wurde. Doch die Bäuerin war dagegen. Sie sagte: »Mein Mann soll nicht mit einem schlechten Namen begraben werden. Sollen die Bellingwolder doch von mir denken, was sie wollen. Ich weiß, dass ich nie einen Mann getötet habe. Ich bin unschuldig, aber ich weiß jetzt auch, dass ich eine Frau bin, die Männern Unglück bringt.«

Der Besen-Bann des Jan Jarfke

Lasst mich von Jan Jarfke erzählen. Einem Heidjer, der ein ziemlicher Sonderling war! Jede Woche kam er ein- oder zweimal nach Weener und trug einen Korb mit Strauch- und Heidebesen unter dem Arm mit sich. Böse Zungen behaupteten, die Besen habe er nur als Vorwand dabei. Doch in dem Korb sammelte er Zeug, das er sich bei barmherzigen Bürgern zusammenbettelte. Eigentlich war nichts Besonderes an Jan Jarfke. Nur seine Füße, die hättet ihr mal sehen sollen! Sie waren groß wie Kartoffelkisten. Und unter seiner rotblauen Schnapsnase, da hing immer ein dicker Tropfen Rotze.

Die Kinder trieben ihren Spaß mit Jan und riefen ihm immer Boshaftigkeiten nach.

So auch an einem Vormittag, als der Heidjer wieder mal nach Weener kam. Er dachte an nichts Böses, wie er so ging. Mit dem Korb voller Besen unterm Arm, seinen Kartoffelkisten-Quanten und einem frischen, dicken, grünen Tropfen Rotze unter der Nase.

Doch da standen plötzlich zehn Jungs auf der Straße, die ihn sahen und gleich laut riefen: »Jan Jarfke, Du hast ja Siebenmeilenstiefel an! Was hast du für eine schöne Nase! Die steht dir gut – und die läuft schneller als du!« Sie verfolgten den armen Jan Jarfke, rüttelten an seinem Korb mit den Besen und bewarfen ihn mit Matsch. Da wurde der Heidjer sehr zornig. Er starrte die Jungs mit bösen Augen an, spuckte dreimal vor sich hin und grollte: »Hemels Grummel, stah mi bi, Luzifer! Swevel, Blixem, Alem!« Und als er dies rief, schwang er einen Besen im Kreis, der sirrend durch die Luft sauste.

Da blieben die Jungen wie angewurzelt stehen und konnten sich nicht mehr von der Stelle bewegen. Auch ihre bösen Zungen waren gelähmt und kein Wort verließ mehr ihre Lippen.

Jan Jarfke aber ging weiter nach Weener und kümmerte sich nicht um die Kinder.

Diese standen stumm und steif auf der Straße, und ein jeder, der vorbeikam, wunderte oder ärgerte sich. So musste ein Fuhrmann seinen Wagen um die Jungs herumlenken und verpasste dem ein oder anderen von ihnen einen Schlag mit der Peitsche.

Als es Mittag wurde, gingen immer mehr Menschen von der Arbeit zum Essen nach Hause und stießen auf die sonderbare Gruppe. Auch Väter und Mütter kamen herbei. Sie schrien die Kinder an und schimpften mit ihnen. Doch keiner der Jungen regte sich vom Fleck oder verzog eine Miene. Auch Schwestern und Brüdern gelang es nicht, sie aus ihrer seltsamen Starre zu erwecken. So manche Mutter weinte bitterlich und fing an zu beten. Doch all das nützte nichts. Die zehn Jungs standen still und stumm wie Skulpturen.

Da kam Jan Jarfke aus der Stadt zurück. Als er die aufgebrachten Eltern sah, bot er seine Hilfe an. Doch er knüpfte eine Bedingung daran: Die Alten sollten ihm versprechen, dass sie ihre Kinder ins Gebet nahmen und sie lehrten, andere Menschen künftig in Frieden ziehen zu lassen. Die Eltern versprachen es ihm und noch viel mehr. Sie hätten ihm sogar seine alten Strauchbesen abgekauft und seinen Korb voller Gaben gepackt. Wenn er doch dafür endlich ihre lieben, unschuldigen Kinder von diesem Fluch befreien würde.

Da spie Jan dreimal hinter sich und rief: »Alem, Blixem, Swevel, Luzifer, bi mi stah, Grummel, hemels!« Dann schlug er mit einem Besen dreimal ein Kreuz in die Luft und die Jungen waren von dem Bann befreit.

Die Kinder schlichen reuevoll zu dem Heidjer und sagten: »Wir bedanken uns vielmals, Onkel. Wir wollen das nie, nie wieder tun! Ganz sicher nicht.« Dann gingen sie mit ihren Eltern nach Hause und erholten sich von ihrem Schrecken.

Jan Jarfke hatte von diesem Tag an Ruhe. Wenn er in die Stadt kam, mit den Kartoffel-Quanten und den Korb voller Besen, dann grüßten die Jungen artig. Jan lächelte und lief weiter. Und seine dicke Nase auch.

Sagenhafte Orte und Wesen

Der Polderhund

Große dämonische Hunde in einsamen Gegenden und Mooren bevölkern international die Sagenwelt und Erzählungen. Arthur Conan Doyle ließ sich für seinen Sherlock Holmes Roman »Der Hund von Baskerville« von einer älteren Geistergeschichte inspirieren, nach der im ausgehenden 17. Jahrhundert ein reicher, verbrecherischer Landbesitzer im Dartmoor von dämonischen Hunden zu Tode gehetzt worden sein soll.

Auch in Ostfriesland sind Sagen bekannt, in denen ein großer schwarzer Höllenhund als Teil einer Räuberbande mit feurigen tellergroßen Augen Menschen angreift und tötet. Als jedoch die Mörderbande gefasst und aufgelöst wurde, änderte der Höllenhund sein Verhalten, erscheint nur noch während der Geisterstunde, erschrickt Wanderer durch seine fürchterliche Erscheinung, greift jene jedoch nicht mehr an, beißt nicht, bellt nicht und verschwindet von einer Sekunde auf die andere spurlos.

Die Sage von den nachtwandelnden, großen, schwarzen Höllenhunden mit den glühenden großen Augen wird mit kleinen Veränderungen in ganz Ostfriesland erzählt. Eine andere Version findet sich in der Provinz Groningen, wo der große Hund Borries genannt wird.

Einige sahen ihn in der Gestalt eines großen Pudels, anderen erschien er als schwarzbunter Wasserhund. Borries durchstreifte die Polder entlang der alten Deiche, im Winter sah man ihn auf dem Eis der Kanäle laufen. Es konnte aber auch sein, dass Borries auf dem Weg lag und die Menschen nicht an ihm vorbeikamen.

So geschehen auf einem Pfad im Rheiderland. Borries versperrte dem Knecht Kneels den Weg.

»Wenn du Teufel da noch liegst, wenn ich nach Hause gehe, schlage ich dich tot!«, drohte Kneels, der Borries mühsam auswich und dann mit anderen Knechten in einem Gasthof den Abend über Genever trank.

Als Kneels in der Nacht nach Hause gehen wollte, erinnerte er sich an den Hund und nahm einen Stock mit. Der Knecht sah an derselben Stelle ein kleines, schwarzes Hündchen liegen. Wütend hob er den Stock und wollte den Hund erschlagen. Allein, es gelang ihm nicht. Schlimmer noch: Sein Arm wurde auf einmal ganz steif. Ratlos blieb Kneels mit erhobenem Arm stehen. Unterdessen wurde der Hund immer größer, schließlich war Borries so groß wie Kneels. Starr standen sie sich Auge in Auge gegenüber. Dann wurde Borries langsam wieder kleiner. Kneels sah zu, wie er Land gewann. In der Folge hatte der Knecht einen steifen Arm vom Hochhalten.

Noch schlimmer erging es aber Pait aus Termunten, der eines Abends durch den Polder ging. Plötzlich tauchte ein großer, schwarzer, zottiger Hund auf und sprang um ihn herum. Pait, den sonst nichts aus der Ruhe brachte, erschrak sehr und versuchte vergebens, den Hund abzuschütteln. Er rettete sich in den nächsten Gasthof und bestellte zur Beruhigung seiner Nerven ein Gläschen Genever. Doch die Angst vor dem Hund ließ sich nicht so leicht vertreiben. Er trank weiter und weiter, Glas um Glas. Um Mitternacht war Pait mutig oder betrunken genug, um nach Hause zu gehen. Er sagte sich, Borries, der Höllenhund, sei nun wohl auch schon wieder verschwunden. Mit wackeligen Beinen trat Pait aus dem Gasthof.

Doch wenn man Angst hat oder zu viel getrunken, sollte man nicht zwischen zwölf und ein Uhr nachts durch den Polder laufen. Pait war gerade ein paar Schritte gegangen, da sprang Borries wieder um ihn herum! Er bellte nicht, er biss nicht, er griff Pait nicht an. Und doch hatte Paits letzte Stunde geschlagen. Kaum sah er die feurigen Augen des Hundes, sackte er vor Schreck zusammen. Und starb!

Weenes Warnung und Untergang

Wie kam Weener zu seinem Namen? Vor den Toren der heutigen Ortschaft, wo sich jetzt die Weiten der Meentelande erstrecken, gab es bereits vor vielen Jahren eine große Stadt, die reich an Menschen und Schätzen, aber auch an Sünden war. Sie wurde Weene oder auch Weenen genannt.

Die Einwohner der Stadt führten ein gottloses Leben in Saus und Braus. Sie prassten und feierten und wussten die Gaben des himmlischen Herrn nicht zu schätzen. Darüber geriet Gott in großen Zorn. Lange Zeit hatte er die Lasterhaftigkeit der Einwohner gnädig geduldet. Doch dann beschloss er, dem sündhaften Treiben in Weene ein Ende zu bereiten, wenn sich die Menschen nicht besserten. So schickte er einen Boten auf die Erde herab, der die Bürger der Stadt warnen sollte.

Es war an einem schönen Sonntagnachmittag, als ein wundersamer Vogel Kreise über den Himmel der Stadt zog. Die Menschen von Weene, die auch am heiligen Sonntag nur zechten und feierten, hatten einen solchen Vogel noch nie zuvor gesehen. »Jütack« oder »Bülow«, wie der Sendbote später genannt wurde, flog in die Kirche und ließ sich dort auf dem Altarkreuz nieder. Er schlug mit seinen goldgelben Flügeln und pries die Güte und Barmherzigkeit seines himmlischen Herrn. Zuletzt verkündete er den wenigen Menschen, die sich noch in der Kirche versammelt hatten, folgende Mahnung: Weene, Weene sall vergahn, sall kien söven Jahr mehr stahn. Noch söven Jahr bliffst du bestahn, un dann sall Weene unnergahn.«*

Nach diesen Worten verschwand der seltsame Vogel so plötzlich, wie er gekommen war. Doch trotz seiner düsteren Prophezeiung lachten die Einwohner nur und gaben sich noch wilder dem sündigen Leben hin.

Als die sieben Jahre ins Land gegangen waren, erschien der Himmelsbote erneut an einem Sonntag in Weene. Wieder setzte er sich auf das große Altarkreuz

* Weene, Weene soll vergehn, soll keine sieben Jahr' mehr stehn, noch sieben Jahre bleibst du bestehn, und dann soll Weene untergehn.

und sprach: »Weene, Weene sall vergahn, sall kien söven Maand mehr stahn.«* Obwohl einige Einwohner nun doch nachdenklich wurden, spotteten die meisten Menschen immer noch über den komischen, gefiederten Bußprediger. Einige höhnten sogar: »Kommt der Vogel jemals wieder, so drehen wir ihm den Hals um.«

Die sieben Monate vergingen, ohne dass sich die Leute in Weene änderten. Und so kam der Vogel zum dritten und letzten Mal in die Kirche geflogen, um die Menschen zu warnen. Er ließ sich wieder auf dem Kreuz nieder und blickte mit traurigen Augen in die fast leere Halle. Dann sang er, lauter und klagender als zuvor, das Grabeslied über die ruchlose Stadt: »Weene, Weene sall vergahn, sall kien söven Dag mehr stahn, dann is Weene unnergahn.«** Dann verschwand der Vogel und wurde nie wieder gesehen. Und obwohl seine Warnung diesmal eindringlicher als je zuvor gewesen war, wollte niemand an seine Worte glauben. Am siebten Tage aber erfüllte sich die Prophezeiung des Boten auf fürchterliche Weise: Tiefe Finsternis überzog das Land und der Tag wurde zur Nacht, als ein schweres Unwetter über Weene zog. Da schossen grelle Blitze auf die Stadt nieder und es schien, als ob der Himmel Feuer spie.

Schreiend rannten die Bürger auf die Tore der Stadt zu, um dem Untergang zu entgehen. Doch sie sollten

* Weene, Weene soll vergehn, soll keine sieben Monate mehr stehn.

** Weene, Weene soll vergehn, soll keinen sieben Tage stehn, dann wird Weene untergehn ...

nicht weit kommen: Mit einem fürchterlichen Krachen brach die Erde auseinander und die Stadt Weene versank mit all ihren Einwohnern in einem tiefen Schlund.

Nur ein Mann namens Bon entkam dem Tag des Gerichts. Er gründete westlich von Weene die Stadt Bonda, aus der später der Flecken Bunde wurde. Hier lebte er einsam in einer Hütte. Die Menschen aus der Nachbarschaft nannten den seltsamen Einsiedler darum auch den »Huitjer«.

Die Stadt Weener erhielt später ihren Namen in Anlehnung an das versunkene Weene. Man erzählt sich außerdem, dass vor Jahren einmal Männer auf den Meentelanden gegraben haben. Dabei sollen sie hier und da auch auf ein verwittertes Dach oder eine Turmspitze gestoßen sein. Und wer einmal an einem stillen Sommerabend mit seinem Ohr am Boden horcht, kann in der Tiefe einen traurigen Klang vernehmen: Es sind die versunkenen Glocken von Weene.

Das Pferd ohne Kopf

Geschichten über Reiter ohne Kopf sind zahlreich. Im Rheiderland begegnet man indes kopflosen Pferden.

So auch von einem jungen Mädchen aus Oostwold, das zu der Hochzeit ihrer besten Freundin ging. Ihr Vater holte es mitten in der Nacht ab, um es nach Hause zu begleiten. Es war schon nach Mitternacht, als sie auf die Deichkrone stiegen. Damals befanden sich die Straßen in einem schlechten und schlammigen Zustand. Der Weg auf dem Deich aber führte sie sicher durch Nacht und Nebel zurück nach Oostwold. Die Tradition und die Enge der Deichkrone brachten es mit sich, dass das Mädchen ein paar Schritte hinter seinem Vater lief.

Sie gingen ruhig und still durch die Nacht. Da bemerkte das Mädchen, dass ihm ein Pferd ohne Kopf folgte. Es erschrak und fürchtete sich und lief doch still weiter, darauf achtend seinen Vater nicht aus den Augen zu verlieren. Doch wenig später hielt das Mädchen es vor Angst nicht mehr aus.

»Vater«, rief es mit zittriger Stimme, »Vater, ich fürchte mich vor dem Pferd.«

»Welches Pferd?« Der Vater hatte das kopflose Wesen noch nicht gesehen.

»Vater, siehst du es denn nicht?«, sprach das Mädchen verzweifelt. »Hinter mir ist ein halbes Pferd. Es hat keinen Kopf.«

Der Vater überlegte kurz und sprach: »Dann ist es besser, dass du vorausgehst. Ich gehe hinter dir und drehe mich nicht um.«

Er fühlte sich sicher, denn er hatte einen großen dicken Pulsstock dabei. Auch wurde er nicht so schnell ängstlich. Sie kamen sicher in Oostwold an. Das kopflose Pferd haben sie nie wieder gesehen.

Der Blutstein von Stapelmoor

Im Herzen von Stapelmoor erhebt sich die große Kirche, ein Ort des Glaubens und der Zuversicht. Doch am Südportal des Gotteshauses gibt es den stummen Zeugen einer widerlichen Bluttat. Und bis heute erinnert er daran, was sich im Schatten der Mauern ereignet hat.

Nicht weit von der Kirche entfernt, steht die Bauernburg Drakemond, ein Gemäuer aus dicken Backsteinen. Wenn sich die Schatten der Nacht über das Haus legten und die Kerzen hinter den hohen Fenstern leuchteten, dann sah es aus wie lauernder Drache mit lodernden Augen.

Hier lebte einmal ein finsterer Burgherr, der Angst und Schrecken in der Gegend verbreitete. Er ging im Schutze der Nacht auf Beutezug und lauerte Kaufleuten und Händlern auf, die ins Rheiderland kamen. Dann erschlug er die Unglückseligen und raubte sie aus.

In Stapelmoor war es ein offenes Geheimnis, dass der Burgherr für die grausamen Taten verantwortlich war. Aber aus Furcht vor seiner blutigen Rache wagte es keiner, sich gegen ihn aufzulehnen.

Lediglich der alte Pastor des Dorfes kannte keine Angst. Immer wieder stellte er den Burgherrn zur Rede und forderte ihn auf, sein blutiges Werk aufzugeben und sich seiner Sünden zu bekennen. Doch der finstere Mann lachte ihn nur aus.

Da begann der Pastor, den Burgherrn von der Kanzel der Kirche herab öffentlich seiner Sünden anzuklagen. Der war zunächst erschrocken, denn niemand hatte es bisher gewagt, sich gegen ihn zu erheben. Doch schon bald schwor er dem alten Pastor Rache. Die Monate vergingen, ohne dass der Burgherr seinen blutigen Schwur einlöste. Doch er hatte ihn nicht vergessen.

Der Winter kam und am Heiligabend versammelten sich die Dorfbewohner in der Kirche, um Gottesdienst zu feiern. Während die Menschen der Predigt des alten Pastors lauschten und Kirchenlieder sangen, näherte sich dem heiligen Ort eine finstere Gestalt – es war der Herr von Drakemond. Am Südportal der Kirche blieb er stehen. Durch die Tür hörte er die Worte des Geistlichen, die für Frieden und Nächstenliebe warben. Doch sie rührten sein kaltes Herz nicht.

Als der Gottesdienst zu Ende war und die Menschen die Kirche verließen, versteckte sich der Burgherr im Schatten einer Mauer. Seine Augen funkelten böse, als er den Pastor nach einer Weile allein hinaustreten sah. Jetzt ... jetzt war der Moment der Rache gekommen. Der Alte bemerkte nicht, wie sich hinter ihm eine Gestalt erhob. Im Mondschein blitzte eine Klinge auf, und wie von Sinnen stach der Burgherr mit einem Dolch auf den Pastor ein. Sterbend sank der Gottesmann auf einen großen Stein neben der Tür nieder und sein Blut besudelte den Fels.

Wie ein Lauffeuer verbreitete sich die Nachricht dieses abscheulichen Mordes im Dorf. Die Menschen forderten den Tod des Tyrannen und machten sich auf den Weg nach Drakemond, um nun das Recht in die Hand zu nehmen. Doch der Burgherr konnte ihnen entkommen und wurde nie wieder gesehen.

Das Blut des Pastors aber ließ sich seit diesem Tag nicht mehr von dem Stein bei der Kirche wegwischen. Und darum nennt man ihn bis heute den Blutstein.

Der Marienstein

In den Tiefen unserer Erde schlummert so manches Wunder, man muss nur fest daran glauben. Während vieles unentdeckt bleibt, gibt die Unterwelt manchmal ihre Geheimnisse preis – wie vor vielen Jahren in Stapelmoor. Dort befindet sich in der Gastwirtschaft »Zum Lindenhof« ein merkwürdiger Fels, der auf wundersame Weise dorthin gelangte und von vielen gläubigen Menschen verehrt wurde.

Wie der Gastwirt erzählt, ist der Stein vor vielen Jahren auf einem Feld vor dem Dorf gefunden worden. Er steckte in der Erde, als ob er aus dem Boden gewachsen sei. Wer den wuchtigen Felsblock näher in Augenschein nahm, konnte auf ihm die Gestalt der Jungfrau Maria, umhüllt von einem Schleier, erkennen. Auch die Linien eines Ankers und eines Kreuzes hoben sich auf dem seltsamen Gestein ab.

Für die Menschen im Dorf war klar: Gott hatte den Stein aus dem Boden wachsen lassen. In alten Zeiten, so erzählte man sich, habe an der Stelle, wo er gefunden wurde, ein Kloster gestanden.

Schnell beschloss man, den Stein ins Dorf zu bringen. Doch das war kein leichtes Werk: Nur mit großer Mühe gelang es, den Felsen auszugraben und ins Dorf zu holen. Eines der Pferde, das ihn ziehen sollte, brach dabei vor Erschöpfung tot zusammen.

Der Stein fand dann seinen Platz in der Gastwirtschaft und wurde dort von vielen Menschen bestaunt. Schon bald pilgerten zahlreiche Gläubige, vor allem aus dem katholischen Münsterland, ins Rheiderland, um den geheimnisvollen Stein zu sehen. Sie waren überzeugt davon, dass der Fels ein Geschenk Gottes sei, und tauften ihn »Marienstein«. Die Katholiken boten viel Geld, um das Heiligtum mit in ihre Heimat nehmen zu können. Doch die Stapelmoorer lehnten ab, denn der Stein bescherte ihnen so manchen Taler in der Tasche. Besonders an den Sonntagen ähnelte das Dorf einem Wallfahrtsort und es wurde viel Umsatz gemacht.

Als ein besonderes Wunder wurde gepriesen, dass der Stein wachsen würde. Zum Beweis wurden auf einem hölzernen Ständer, der neben dem Fels stand, Kerben eingeritzt. Und so kehrten die Gläubigen immer wieder in die Gastwirtschaft zurück, um das Wunder zu sehen. Doch der Stein wuchs offenbar sehr langsam.

Der Marienstein, so warnte der Gastwirt, dürfe nie fortgeschafft werden, da sonst das Haus einstürzen würde. Eines Tages sei ein reicher Herr in den »Lindenhof« gekommen, erzählte er. Er sah den Stein in einer Ecke und empfahl dem Vorgänger des Wirts, den Fels fortzuschaffen, da er eh nur im Wege stehe. Der Wirt willigte ein und zusammen mit einigen starken Helfern machten sich die Männer an die Arbeit. Doch als sie den Stein anheben wollten, fing es plötzlich fürchterlich an zu donnern und zu blitzen. Vor Schreck fielen die Männer auf den Rücken und sahen mit angsterfüllten Augen, wie zwei große Hände aus der Wand kamen, die sich schützend über den Stein breiteten.

»Du bleibst stehen, wir behüten dich!«, donnerte eine tiefe Stimme, worauf die Männer in Panik flüchteten.

Von da an hat niemand wieder versucht, den Marienstein fortzuschaffen, und noch heute steht der wundersame Fels an seinem alten Platz im »Lindenhof«.

Das Ungeheuer im Kolk von Bellingwolde

Wenn bei einer Sturmflut Wellen mit großer Kraft auf einen Deich treffen, ihn überfluten oder sogar durchbrechen, werden durch die enorme Strömungsgeschwindigkeit und den hohen Wasserdruck Erde und anderes hinter dem Deich fortgespült. Dabei kann sich ein Kolk bilden, eine oft sehr tiefe, meist runde oder ovale Vertiefung, so dass dort Fische geangelt werden oder Wassersport betrieben werden kann. Ein Kolk bleibt oft über viele Jahrzehnte, ja Jahrhunderte bestehen, kann aber auch verlanden. Im Rheiderland sind in der Folge der Sturmfluten – auch weit entfernt von der Küste – zahlreiche Kolke zu finden oder auf alten Karten zu sehen. So zählte man auf einer Karte von etwa 1590 entlang der Linie

Winschoterzijl-Oudeschans-Booneschans fünfzehn Kolke. Das ist mehr als ein Kolk pro Kilometer. Die Deichbrüche im November 1686 sorgten dafür, dass die Zahl der Kolke in diesem Gebiet sogar noch zunahm.

Vor vielen Jahren wollte ein schon lange verlobtes Paar aus Bellingwolde endlich heiraten. Allerdings musste die Trauung im fast dreißig Kilometer entfernten Nieuw-Buinen stattfinden. Damals eines Tagesreise. Doch die weite Entfernung war nicht das einzige Hindernis für die Hochzeit. Solange die Mutter der Braut krank war, konnten sie nicht fahren.

Schließlich sagte sich das Paar: »Ach, wir lassen die Mutter einfach zu Hause, das wird noch lange, lange dauern, bis sie wieder gesund ist. Wir wollen nicht so lange warten.«

Gesagt, getan. Er zog sich seinen besten Anzug, sie ihr schönstes Kleid an und sie liehen sich eine Kutsche mit zwei Pferden für die Fahrt nach Nieuw-Buinen. Bei bestem Wetter verließen sie Bellingwolde, die Fahrt verlief ruhig und ereignisarm, bis plötzlich die Pferde durchgingen und mit der Kutsche in den »Grundlosen Kolk« preschten. Schnell versank das Gespann mit den beiden Pferden samt dem Brautpaar.

Arbeiter auf dem Feld beobachteten mit Entsetzen das Unglück und liefen zum Ufer. Sie fanden keine Spuren, weder von dem jungen Paar noch von der Kutsche. Der Kolk lag ganz ruhig da. Nur wenige kleine Wellen kräuselte der Wind auf der Wasseroberfläche. Was war da nur im Kolk passiert, dass weder Pferd noch Mensch wieder auftauchten?

Ein junger Mann trat mutig vor und sagte: »Ich werde sie suchen.« Vorsichtig ging er in den Kolk und tauchte in die Tiefe. Er blieb fünfzehn Minuten unter Wasser. Die Menschen am Ufer waren sehr unruhig, denn sie wussten, dass der junge Mann zwar ein guter Schwimmer war, aber ihnen war auch klar, dass niemand fünfzehn Minuten lang unter Wasser tauchen kann.

Da brach ein großes schwarzes Ding durch die Wasseroberfläche – es war wohl so etwas wie ein Seehund, sagten die Augenzeugen – das hatte den jungen Mann im Maul und zog ihn gleich wieder mit sich unter Wasser. Die Menschen am Ufer schrien entsetzt auf. Weder von dem jungen Mann noch von dem Paar hat man jemals wieder etwas gesehen. Auch spätere Suchen nach ihnen blieben erfolglos.

Der Schatz im Kolk von Blijham

Heute ist Blijham von Getreidefeldern und saftigen Wiesen umgeben. Im Mittelalter jedoch lag Blijham am Dollart und war wiederholt großen Überflutungen ausgesetzt. Es bildeten sich einige Kolke in der Nähe des Dorfes. Ein Kolk war nicht nur besonders tief, in ihm lag auch ein großer Schatz unter einem Kessel.

Oft haben die Fischer versucht, mit ihren Haken und Angeln den Kessel hochzuziehen. Allein der Kessel steckte so fest und tief im Schlamm, dass es ihnen nie gelang.

Das Gespenst beim Kolk von Woldendorp

An dem Weg nach Woldendorp befand sich früher ein tiefer Kolk. Nachts sahen die Bewohner dort oft ein weißes Gespenst, weshalb sie das Gewässer mieden. Ein furchtloser junger Bauer indes, der gern nachts über die Felder zur Jagd ging, entdeckte das Gespenst am Ufer des Kolks. Er lud seine Flinte und zielte auf das Gespenst.

»Nicht schießen!«, sprach das Gespenst und hob seine Hand.

Der Bauer machte keine Anstalten, seine Flinte zu senken, da tauchte das Gespenst ab in die Tiefen des Kolks und war verschwunden.

Wenige Tage später fuhr der junge Mann in seiner Kutsche den Weg nach Woldendorp am Kolk entlang. Er war bei einer Hochzeit gewesen und die Feier dauerte lang; es war nach Mitternacht, als er seinen Heimweg antrat. Doch er kam nie zu Hause an. Ohne dass ein Zeuge es sah, stürzte er mit Pferd und Kutsche kopfüber in den Kolk. Man hat nie wieder eine Spur von ihm entdeckt. Es war die Rache des weißen Gespenstes am Kolk von Woldendorp.

Hongerige Wolf und ägyptischer Deich

2019 wurde der Name des Dorfes »Hongerige Wolf« zum schönsten Ortsnamen der Niederlande gekürt. Zahlreichen friedlichen und gut gelaunten »Wölfen« begegnet man dort jedes Jahr an einem Wochenende im Juli, wenn das Dorf zu einem Festival einlädt und zahlreiche Bands aufspielen, wissenschaftliche Diskussionen, Filmvorführungen, Exkursionen zu den Kornweihen, Kunstausstellungen, Tanz- und Theatervorstellungen und vieles andere mehr stattfinden, Kinder zum Welpenyoga gehen oder sich als Wolf schminken lassen.

Doch wie kam das kleine Dorf zu seinem ungewöhnlichen Namen? Was bedeutet er?

Eine Erklärung könnte sein, dass dort Ende des 18. Jahrhunderts der letzte freilaufende und sehr hungrige Wolf der Niederlande erlegt wurde. In Erinnerung an dieses Ereignis nannte man zuerst eine Windmühle und dann den Ort »Hongerige Wolf«. Allein, der Ortsname wird erst 1877 zum ersten Mal erwähnt, also fast hundert Jahre später, so dass diese Deutung doch sehr unwahrscheinlich ist.

Doch ist mit dem hungrigen Wolf überhaupt ein Tier gemeint? Ist es nicht viel eher möglich, dass hinter dem »Hongerigen Wolf« der »Hongerige Waterwolf« (Wasserwolf) steckt? Der Waterwolf steht metaphorisch für die Sturmfluten, das alles verschlingende Meer. Zum Schutz vor den Sturmfluten und dem Waterwolf wurden die Polder eingedeicht.

Der Bau von Deichen ist eine harte Knochenarbeit, die tiefe Spuren in Mensch und Landschaft hinterlässt und manchmal eben auch in Ortsnamen. Hendrik van der Ham und Gerrit Smit erläutern plausibel, dass das Adjektiv »hongerige« gar nichts mit Hunger zu tun haben muss, sondern vielmehr auf Sinti und Roma verweist, die man in vergangenen Zeiten wegen ihrer vermeintlichen Herkunft als »Ungarn«, niederländisch »Hongarije« bezeichnet hat. Man glaubte auch, dass sie aus Ägypten stammten. So werden beispielsweise in England die Roma noch immer »gipsy« (von »Egyptian«) genannt. Wenn man bedenkt, dass das Dorf Hongerige Wolf in unmittelbarer Nähe zum »Egyptischen Dijk« (»Ägyptischer »Deich«) liegt, wird die Vorstellung plausibel, dass beide Namen auf Sinti und Roma als Bewohner des Dorfes und Arbeiter im Deichbau verweisen.

Die Bezeichnung »Wolf« in Siedlungsnamen wird zudem für Häuser und Orte am Dorfrand verwendet. Mir leuchtet die Erklärung ein, dass es sich bei »Hongerige Wolf« nicht um eine Erinnerung an ein Fressen suchendes Raubtier handelt, sondern zunächst um ein abgelegenes Haus, wahrscheinlich eine Gaststätte, die oft von Sinti und Roma (»Hongarije«) aufgesucht wurde.

Der Auszug der Eerdmanntjes

In alten Tagen fuhr eine Pünte zwischen dem Rheiderland und Leerort über die Ems. Der Fährmann war ein armer Mann, der seine Familie nur schwer ernähren konnte. Wenn er auf dem Wasser war, träumte er oft von einem besseren Leben. Auf der anderen Flussseite erhob sich der Plytenberg. Der Fährmann kannte die vielen Sagen und Mythen, die sich um den Hügel rankten, denn er war über viele Jahrhunderte die Heimat der

Eerdmanntjes. Das waren kleine Geschöpfe mit wundersamen Kräften, die sich unsichtbar machen konnten und oft ihren Schabernack mit den Menschen trieben. Sie versteckten Hausgeräte und Werkzeuge und melkten heimlich die Kühe der Bauern aus. Manchmal stahlen sie aber auch Schmuck und sogar kleine Kinder.

Die Eerdmanntjes, so hieß es, lebten mit ihrem König in einer Höhle, die tief im Innern des Plytenberges lag und von keinem Menschen erreicht werden konnte. Wenn der Fährmann gefragt wurde, ob er schon ein Eerdmanntje gesehen habe, lachte er nur und sagte: »Nein, sie sind wohl zu klein.«

Eines Abends – es war finstere Nacht und kein Stern stand am Himmel – da wollte der Pünten-Führer endlich Feierabend machen und band die Fähre am Ufer fest. Da hörte er plötzlich ein leises Rufen, eine feine Stimme drang an sein Ohr: »Hol over, hol over!«, rief sie. Der Fährmann ging zu dem Rufenden und staunte nicht schlecht, als er ein kleines Männlein sah, das aufgeregt hin- und herlief. Eindringlich bat das Kerlchen ihn, noch einmal überzusetzen.

Der Fährmann war nicht begeistert über die späte Störung, denn er wollte lieber bei seiner Familie sein. Doch weil er ein pflichtbewusster Mensch war, gab er nach. Der kleine Störenfried hüpfte auf die Pünte. Doch als der Fährmann schon losfahren wollte, rief der Gnom: »Warte noch! Ich gebe dir ein Zeichen.«

Die Zeit verstrich, doch nichts tat sich. Dann endlich hob der Kleine die Hand: »Jetzt! Fahr los!«

Die Fähre legte ab und sank gleich danach so tief ins Wasser, als ob tausend Menschen auf ihr stünden. Der Fährmann erschrak und nur mit Mühe und viel Geschick konnte er die Pünte über den Fluss bringen. Am anderen Ufer sprang der kleine Fährgast an Land und fragte: »Was bin ich schuldig?«

»Einen Stüber der Mann. Nicht mehr und nicht weniger«, sagte er Fährmann. Und im selben Moment sah er eine große Zwergenschar, die wie aus dem Nichts erschienen war und nun von seiner Fähre ging. Es waren die Eerdmanntjes. Sie weinten und klagten und rief immer wieder: »Der König ist tot! Der König ist tot! Nun müssen wir fortziehen.«

Der Fährmann schaute sprachlos auf die kleinen Männchen und auf einen großen Topf voller Taler, den er für seinen Dienst bekam. Für jedes Eerdmanntje einen Stüber. Er war nun reich und hatte ausgesorgt. Die Eerdmanntjes aber zogen weiter ins Rheiderland und wurden nie wieder gesehen. In dem Plytenberg ruht noch heute der tote Zwergenkönig in einer Kammer aus Gold.

Sicco Mansholt, Petra Kelly und Blauwestad

Sicco Mansholt, ein niederländischer Landwirtschaftsminister und Kommissar der Europäischen Gemeinschaft, der für die landwirtschaftliche Überproduktion steht, und Petra Kelly, Gründerin der Grünen und Verfechterin des Umwelt- und Naturschutzes und Blauwestad, ein modernes

Wohnprojekt in einem künstlich angelegten See, das für die Aufgabe und Neunutzung von Agrarflächen steht: Wie passt das zusammen?

Zusammenhänge muss es geben, denn am Eingang von Blauwestad steht gut sichtbar eine lebensgroße Statue von Sicco Mansholt. Ohne ihn wäre die Blauwestad wohl nicht gebaut worden. Doch zuvor war ein sagenhafter Umbruch in seinem Denken nötig, der durch Petra Kelly ausgelöst wurde. Sicco Mansholt (1908–1995), Landwirt und Politiker beheimatet in der Provinz Groningen, prägte zunächst als Landwirtschaftsminister in den Niederlanden und später als Kommissar in Brüssel maßgeblich die gemeinsame Agrarpolitik in Europa. Sein Herzensanliegen war es, Hungersnöte, wie es sie unmittelbar nach dem Zweiten Weltkrieg gegeben hat, in Europa für alle Zeiten zu verhindern. Daher zielte seine Reform- und Agrarpolitik auf Produktivitätssteigerung, Mindestpreise für Agrarerzeugnisse und eine Modernisierung mit großflächiger Flurbereinigung und Industrialisierung der Landwirtschaft. Das führte in Europa, in den Niederlanden und dort insbesondere im Rheiderland zu tiefgreifenden, landschaftlichen Einschnitten und Neugestaltungen, einer hohen Überproduktion und sozialen wie ökologischen Spannungen.

Anfang der siebziger Jahre, beeinflusst von den Ideen des Club of Rome und der jungen Petra Kelly, vollzog Sicco Mansholt zum Ende seiner Zeit als

Politiker für die Europäische Gemeinschaft eine totale Kehrtwende und forderte als erster Spitzenpolitiker die ökologische Ausrichtung der Wirtschafts- und Energiepolitik nach den Kriterien der Nachhaltigkeit. Petra Kelly (1947–1992), Mitgründerin der Partei Die Grünen und eine der wichtigsten Vordenkerinnen der europäischen Umweltbewegung und Sicco Mansholt waren Anfang der siebziger Jahre für etwa drei Jahre ein Liebespaar; er wollte sich sogar nach 36 Jahren Ehe von seiner Frau Henny scheiden lassen, Petra und Sicco hatten schon eine gemeinsame Wohnung in Brüssel gemietet, als er mit lebensbedrohlichem Bluthochdruck in ein Krankenhaus eingeliefert wurde und dort beschloss, doch bei seiner Familie zu bleiben. Nichtsdestoweniger wandelte sich Mansholt unter Kellys Einfluss und nahm eine kritische Haltung gegenüber seiner bisherigen Agrarpolitik ein und wandte sich Umweltthemen und dem Konzept des Nullwachstums zu. Petra Kelly war nicht nur seine Geliebte, sondern auch die Muse und Inspiration für den späten Wandel in seinem Denken.

Es geschah im Sinne des späten Mansholts, als im Jahr 2005 Königin Beatrix den Hahn aufdrehte und das mehr als acht Quadratkilometer große Oldambtmeer mit Wasser füllte. Blauwestad mit seinen modernen Häusern entstand, die sowohl über eine Garage als auch über einen Bootsanleger verfügen.

Die Flutung des Rheiderlands durch Menschenhand ist nicht nur Folge eines sagenhaften politischen

Wandels eines Politikers und ein Abschied von einer intensiven landwirtschaftlichen Nutzung sowie der früheren Mansholt'schen Agrarpolitik des Strukturwandels und der Überproduktion, sondern vielmehr auch ein Ausdruck des Umdenkens angesichts des Klimawandels und erweiterter Schutzmaßnahmen vor Sturmfluten.

Früher hieß es: »Wer nicht will deichen, der muss weichen.« Man setzte und setzt freilich weiterhin auf hohe Deiche, um die Küsten vor Sturmfluten zu sichern. Als weitere Maßnahme sollen nun auch Seen und Flächen wie das Oldambtmeer bei einer Sturmflut dem anstürmenden Wasser Raum geben. Die Überflutungen sollen kontrolliert erfolgen.

Blauwestad steht als großangelegtes Siedlungs- und Wasserlandschaftsprojekt am Dollart für Renaturierung, Naturschutz, Lebensqualität, neue regionale Identität, nachhaltige Entwicklung, wie sie in etwa von Petra Kelly und Sicco Mansholt vorgedacht wurden.

Literatur

Blécourt, W. de et.al: Verhalen van Stad en Streek: Sagen en Legenden in Nederland, Amsterdam 2010, S. 19-62

Blikslager, Georg: Rheiderländische Sagen, aus »Das Rheiderland – Beiträge zur Heimatkunde des Kreises Weener«, Kiel 1930

Groninger Volksverhalen. Voor Dr. Jelko Peters, geb. 1969 in Oldenburg, leitet das Studienseminar in Leer. Sagen über das Rheiderland erzählt er als Gästeführer im Steinhaus Bunderhee und im Dollartmusem in Bunde. t merendeel verzameld door E.J. Huizenga-Onnekes, Groningen 1930

van der Ham, Hendrik und Smit, Gerrit: Hongerige Wolf ligt niet toevallig aan de Egyptische dijk. In: Stad & Lande. Het verhaal van Groningen 24 (2015), Nr. 4, S. 34-38

Hanken, Kai-Uwe: Sagenhaftes Rheiderland, Weener 1998

Harmohm, A. K.: Vertellsells ut uns' olle Weäner, »Deichwart«, Beilage der »Rheiderland Zeitung«, Weener 1928

Hesse, Daniel Th: Schätze, die nicht veralten – eine Familienchronik, Eigenverlag 1977

Kirchhoff, Joost: Über den Straßen von Torum, Weener 1982

Kooi, Jurjen van der: Friesische Sagen, 1994

Kooi, Jurjen van der u. Theo Schuster: Die Frau, die verlorenging – Sagen aus Ostfriesland, Leer 2003

Köller, André R.: Rheiderland oder Reiderland? Schreibung und Deutung des Namens. Untersuchungen zur Geschichte einer Landschaft, Weener 2006

»Profetize voorzeggingen van eene geweezene Jarfke«, Te Amsterdam By de Gebr. M. en J. Bosch, Boekdrukkers in de Gravestraat (18. Jahrhundert)

Lübbing, Hermann: Friesische Sagen, Jena 1928

Siefkes, Wilhelmine: Ostfriesische Sagen, Leer 1992

Wilhelm Swarts: Jugenderinnerungen, »Deichwart« (1930/31), Beilage der »Rheiderland Zeitung«

Westermann, Frank: Das Getreideparadies, Berlin 2009

Register